AF459105

FASTES

POËTIQUES

DE LA

RÉVOLUTION FRANÇAISE;

POËME EN QUATRE CHANTS,

PAR M. L'ABBÉ AILLAUD.

A MONTAUBAN,

DE L'IMPRIMERIE DE PH. CROSILHES, PLACE D'ARMES.

Juillet 1821.

AVIS PRÉLIMINAIRE.

En livrant au public mes vers sur la révolution française, je ne puis m'empêcher de lui faire connaître quelle avait été leur destination primitive. Ces vers formaient la matière des 7, 8, 9 et 10.e chants de mon poëme sur l'Égyptiade. Pour les y rendre nécessaires, j'avais supposé que le général en chef de notre armée en Égypte, avait envoyé le général *Dessaix* à la cour de Perse, pour solliciter auprès du souverain de cet empire un traité d'alliance avec les vainqueurs des beys et des musulmans. J'avais ajouté à cette supposition, que ce même souverain ne se détermina à conclure ce traité, qu'après avoir exigé de *Dessaix*, avec un récit exact de nos orages politiques, un tableau circonstancié de la situation de l'esprit public, en France, avant le départ de notre armée pour l'Egypte : voilà évidemment la nécessité de mes vers sur la révolution, liée au plan de mon poëme et à l'intérêt que j'avais cherché à y introduire. Ils étaient donc insérés dans le corps de l'Egyptiade, lorsque j'adressai l'ensemble de mon travail aux bureaux de la censure. Ils y furent très-mal accueillis, et je craignis un moment que leur disgrace particulière ne s'étendît sur tout l'ouvrage. On avait, à la vérité, long-temps avant cette époque, imprimé des vers consacrés à peindre les malheurs de l'auguste Famille des BOURBONS. On peut citer, sous ce rapport, le poëme de *la Pitié*, l'élégie de *Treneuil* sur les Tombeaux de St.-Denis, et même le Printemps d'un Proscrit. Mais il est essentiel d'observer qu'aux différentes circonstances où ces ouvrages parurent, le gouvernement français était triomphant, sans alarmes, et qu'il laissait subsister la liberté de la presse. Au lieu que toutes les chances m'étaient contraires à l'époque où mes vers sur la révolution furent envoyés à la censure, puisque ce fut peu de temps avant nos désastres en Russie, et que même, depuis quelques années, on avait établi une censure ombrageuse et tyrannique. On conçoit déjà quelle dut être la sentence qui émana de cet inflexible tribunal. Je fus autorisé à livrer à l'impression les douze chants consacrés à notre gloire militaire, et mes quatre chants sur la révolution furent proscrits, avec l'offensante invitation d'*en chan-*

ger entièrement l'esprit. C'était exiger l'impossible ; aussi rentrèrent-ils de suite dans mon porte-feuille, où ils avaient, du reste, été renfermés depuis long-temps, puisque, en grande partie, je les avais composés en *Espagne*, que je choisis pour le lieu de mon exil, en obéissant à la loi portée contre les prêtres non assermentés. En parcourant les divers tableaux retracés dans mes vers, le lecteur se convaincra aisément que si mon Egyptiade exprime, avec toute la vérité dont je suis capable, ma juste admiration pour les triomphes de nos armées, ces quatre chants que je publie, en se reportant à l'époque où je les soumis au jugement de la censure, démontrent, jusques à l'évidence, mon inviolable attachement à l'auguste Famille de mes Rois légitimes ; et combien, pendant son absence, elle restait profondément gravée dans mon cœur ; et, du reste, à peine la nouvelle du retour prochain de nos Rois retentit-elle à mon oreille, que je retirai de suite de la circulation mon poëme de l'Egyptiade, récemment publié. Pendant les cent jours, je résistai à la séduction de voir mon poëme, approuvé de nouveau à mon insçu, annoncé par le Journal de la Librairie et par plusieurs autres gazettes. Je résistai, en outre, à l'assurance du débit rapide d'un très-grand nombre d'exemplaires qui me restaient, et même d'une seconde édition. J'oubliai l'état de ma fortune, et n'écoutai que mes devoirs. Même conduite, même constance depuis,

ls

a

Depuis six ans j'ai gardé le silence, et le public ignorerait encore les confidences que j'ai cru devoir lui faire, si des amis éclairés ne m'eussent fait observer qu'un homme de lettres peut faire le sacrifice de ses intérêts, mais non pas celui de son honneur.

FASTES POËTIQUES

DE

LA RÉVOLUTION FRANÇAISE.

CHANT PREMIER.

(Le général DESSAIX, au Roi de Perse.)

GRAND roi, vous m'ordonnez de vous dire les maux
Qui plongèrent la France en un affreux chaos,
Et de nos factions le triomphe exécrable,
Et d'un prince adoré la chute déplorable :
Quoique mon cœur troublé de ce noir souvenir
Se plonge dans le deuil, je vais vous obéir.
Ils n'étaient plus, ces jours d'immortelle mémoire
Qu'un prince magnanime investit de sa gloire ;
Ce grand siècle d'honneur, où la palme des arts
Mêlait sa pompe auguste aux lauriers du dieu *Mars ;*
Où tout retentissait sur les bords de la Seine
Des travaux de *Pascal*, des exploits de *Turenne ;*
Où l'éclat le plus pur décorait la valeur,
Où les plaisirs, eux-même, avaient de la grandeur,

Où l'encens des *Boileau*, la lyre des *Corneilles*,
D'un règne éblouissant illustraient les merveilles.
Avec le grand *Louis*, dans le même tombeau,
Du véritable honneur s'éteignit le flambeau.
Cet âge disparut ; *Ninon* vivait encore.
Sur l'horizon des mœurs, funeste météore,
Un prince ami des arts, né du sang de nos rois,
Et qu'on eût admiré, sans l'infame *Dubois*,
Du sein des voluptés dominant sur la France,
Voit pâlir les vertus, s'éveiller la licence,
Et semer, au milieu des esprits agités,
Les germes effrayans de nos impiétés.
Ce prince meurt enfin, en n'offrant à l'histoire
Qu'un règne de plaisirs et peu de jours de gloire.
Vous peindrais-je Nâdir, ce prince bien aimé,
Que Dieu, suivant son cœur, semblait avoir formé,
Dont le règne d'abord eut d'heureuses prémices.
Mais, qui peut résister au poison des *Narcisses*?
Jeune, heureux, encensé, sa raison, sa valeur,
S'embellissaient encor des vertus de son cœur,
Lorsque, ô ciel! égarant ce prince magnanime,
Des flatteurs sous ses pas creusèrent un abyme,
Endormirent, hélas! ses nobles sentimens,
Et livrèrent son ame au délire des sens.
Au sein de cette cour livrée à la mollesse,
De nos antiques preux respirant la noblesse,
Paraît ce *Richelieu*, par les arts couronné,
De puissance, d'encens, d'honneurs environné ;
Bel esprit, sibarite, orateur, capitaine,
Homme d'état ; en lui tout charme, tout entraîne.
Brillant par ses amours, son luxe, sa valeur,
Craint de nos ennemis, fatal à la pudeur,
Triomphant au boudoir, à la cour, à l'armée,

Il régne, asservit tout, jusqu'à la renommée.
Mais fidèle à la gloire, ainsi qu'à son devoir,
Au sein des plaisirs même il brave leur pouvoir ;
Et si quelque tempête eût grondé sur le trône,
Son bras en eût été la plus ferme colonne,
Tandis que son génie eût troublé les ligueurs.
Né dans un temps, hélas ! plus favorable aux mœurs,
Louis du bon Henri nous eût offert l'image.
Il avait sa bonté, son généreux courage,
Un esprit, par son cœur, par l'étude embelli ;
Il eût été parfait, s'il avait eu *Sully*.

Mais sans cette vigueur éclairée, inflexible,
Qui, rendant aux méchans le pouvoir si terrible,
Sait couvrir la vertu de l'égide des lois,
Les malheurs des états naissent des meilleurs rois.
Dès-lors l'impiété, répandant ses maximes,
Sur le tombeau des mœurs fait triompher les crimes.
C'est elle qui, jadis, au pontife *Aaron*
Arracha l'encensoir par les mains d'*Abiron* ;
Qui troubla d'un grand roi (*) la vieillesse avilie ;
Embrasa de fureur l'implacable *Athalie* ;
Elle osa, sans rougir, placer sur les autels
Un Grec ambitieux de l'encens des mortels.
Aux bords athéniens, d'une main forcenée
A *Socrate* elle offrit la coupe empoisonnée ;
Elle aiguisa le fer dont un monstre à la fois
Veut frapper *Cicéron*, le sénat et les lois.

Bientôt sous *Julien*, de sa retraite immonde
Elle ose s'élever sur le trône du monde,
Et conserve, en perdant un dangereux pouvoir,
Son indomptable orgueil, sa rage et son espoir.

(*) Salomon.

A travers *Rome en cendre*, et ces voiles funèbres
Ces longs âges de deuil, de crimes, de ténèbres,
Dont les enfans guerriers du Nord dévastateur
Accablèrent les arts glacés par la terreur,
L'impiété passant sans gloire, sans hommage,
En des antres profonds laissa dormir sa rage.
Mais lorsque la raison s'essaya de sortir
De la nuit des erreurs qui semblaient l'engloutir,
Quand enfin parmi nous l'ignorance avilie
Céda sa place aux arts qu'adorait l'Italie,
Et qu'un roi de splendeur, de lauriers couronné,
Présenta leur triomphe au Français étonné,
Dès-lors l'impiété, du trône descendue,
Brûla d'y replacer sa gloire confondue.
Pour régner sur nos mœurs, comme sur nos esprits,
A *Londres* souveraine et faible dans *Paris*,
Loin d'éveiller les lois contre son insolence,
Elle veut par degrés y fonder sa puissance;
D'un hypocrite zèle et de dehors trompeurs,
Elle pare avec art ses naissantes fureurs,
Et sourdement ébranle, habile en l'art de nuire,
L'édifice sacré qu'elle cherche à détruire.
Bayle élève à sa voix, sur un horizon pur,
Les nuages épais d'un pyrrhonisme obscur,
Et d'un doute inconnu, la fatale doctrine
De la religion prépare la ruine.
Tout sert l'impiété. Déjà vers son déclin
De nos mourantes mœurs penche l'astre incertain;
L'honneur réclame en vain sa puissance sacrée :
Déjà d'affreux plaisirs, la débauche abhorrée,
Dans les débordemens d'un luxe corrupteur,
Offrent l'hymen sans voile et l'amour sans pudeur.
L'impiété sourit, et de son sanctuaire

Elle offre la tiare à l'orgueilleux *Voltaire.*
De hardis novateurs, des apôtres nouveaux
Embrassent de leur chef le culte et les drapeaux;
Pour opposer aux lois des appuis redoutables,
Ils enivrent d'encens de fortunés coupables,
En offrant à ces dieux, de mollesse énervés,
L'hommage avilissant de leurs vers dépravés.
Leur complaisante main, pour caresser le crime,
Des enfers menaçans ferme à ses yeux l'abyme;
Et pour bannir sa crainte, étouffer ses remords,
Ils enchaînent notre ame aux lois de notre corps.
Déjà de leurs écrits la peste au loin semée
Infecte le sénat et la cour et l'armée;
Et la corruption, comme un fougueux torrent,
Dans son rapide cours en tous lieux se répand.
   Soudain l'impiété, dont cent ligues fatales
Environnent le char de palmes triomphales,
Superbe de l'éclat de ses nombreux cliens,
Ose tourner vers Dieu ses regards insultans,
Et sur l'opinion régnant en souveraine,
De ses vastes projets développe la chaîne.
Elle dit: « l'Univers doit changer à ma voix;
De leurs trônes sanglans j'arracherai les rois;
Sur leurs temples détruits j'immolerai les prêtres;
Et l'homme libre enfin, et sans culte et sans maîtres,
Dans ses droits primitifs rentrant avec honneur,
N'invoquera que moi, qui ferai son bonheur. »
   La furie, à ces mots, dans l'orgueil qui l'anime,
Veut que tous les agens de son pouvoir sublime
Soient nommés (revêtus des titres les plus saints),
Oracles, esprits forts, philosophes divins;
Et que leur mission, en prodiges féconde,
Hâte l'instant heureux qui doit sauver le monde;

Et déjà l'heure approche où ses barbares mains
Vont armer de sa cour les sbires inhumains.
Ainsi, ne pensez pas que l'effroyable crise
Qu'on décore du nom de liberté conquise,
Que l'abyme des maux où nous fûmes plongés,
Que les fers odieux dont nous fûmes chargés,
Soient l'effet imprévu, soient l'œuvre spontanée
D'une ligue au sénat tout-à-coup déchaînée :
C'est le fruit odieux de ces plans infernaux
Qu'enfantaient sourdement nos *Porphîres* nouveaux.
Nos vrais ligueurs étaient les encyclopédistes,
Novateurs effrontés, astucieux sophistes,
Du sein de la débauche éternels prédicans.
Les rois n'étaient pour eux que d'illustres brigands,
Qui, dans des jours d'erreur, de trouble, d'ignorance,
Avaient d'un peuple aveugle usurpé la puissance.
Penser que l'Univers fût l'ouvrage d'un Dieu,
Dont le pouvoir actif se répand en tout lieu,
C'était un vrai délire; et devant ces grands hommes
Tous les objets sacrés étaient de vains fantômes
Dont un pouvoir habile entoura les autels,
Pour subjuguer l'esprit des crédules mortels.
Comme le bien public enflammait leur étude,
Ils nous débarrassaient de toute servitude.
Les lois ne leur offraient qu'un empire odieux ;
La liberté, c'était le premier de nos dieux.
Les vertus, d'un esclave annonçaient la faiblesse.
Rechercher les plaisirs, vivre dans la mollesse,
Sous le poids des forfaits étouffer les remords,
C'était sur les mortels planer en esprits forts.
Nadir, de ces docteurs tel était le langage.
Jadis un empereur, par un réglement sage,
De Rome fit chasser de pareils scélérats,

Qui corrompent les mœurs et troublent les états.
En France on a suivi des maximes nouvelles.
Caressés de la cour, des seigneurs et des belles,
Ils régnaient sur les mœurs, sur la société :
L'oracle de *Calchas* était moins respecté.
Que dis-je? un *Frédéric*, *Catherine* elle-même,
Abaissant, sans rougir, l'orgueil du diadème,
Osaient prostituer leur encens, les honneurs,
En décorant l'autel de ces vils corrupteurs.
Ainsi, sous les rayons d'une faveur constante,
Cette secte superbe, et toujours agissante,
Sapait, par les progrès de son opinion,
L'édifice sacré de la religion;
Et des rois détruisant le pouvoir légitime,
Les livrait sans défense à l'audace du crime.
Des drames monstrueux, avec art présentés,
Nous offraient, au milieu de leurs impiétés,
Un *Brutus*, qui, troublant des cerveaux fanatiques,
Prêche, armé d'un poignard, ses erreurs politiques;
Un guerrier sacrilége, en des vers criminels,
Se jouant de la foi que l'on doit aux autels;
Et ces vers couronnés, applaudis au théâtre,
Faisaient naître, au milieu d'une foule idolâtre,
D'un peuple sibarite, énervé, corrompu,
De femmes sans pudeur, et de grands sans vertu,
Un penchant effréné pour toute indépendance,
Et préparaient de loin les malheurs de la France.
  Quand le sophisme altier, vainqueur de la raison,
Cherche à maîtriser tout, jusqu'à l'opinion;
Quand d'un faux bel esprit les trompeuses lumières
Éblouissent les yeux des nations entières;
Qu'en style audacieux, un écrit suborneur,
Sur les cultes, les rois, s'exerce sans pudeur;

C'est alors, en secret, que les poignards s'aiguisent,
Que naissent les Cromwels, que les trônes se brisent,
Et qu'on renverse tout avec impunité,
Dans le sommeil des lois et de l'autorité.
Ainsi le monstre affreux de la philosophie,
Que l'enfer enfanta, vomit et déifie,
De principes pervers inondant ses écrits,
Détruit le calme heureux où dorment les esprits :
D'autant plus dangereux, qu'en sa bouche adultère
Il joint de la vertu le langage sévère,
Et de l'humanité les discours si touchans,
Au sophisme féroce, aux fureurs des tyrans.
Voyez-le, déployant sur l'école des crimes
L'appareil des vertus, les plus saintes maximes,
Pour nous cacher l'horreur des plus noirs attentats,
Et proclamer la vie en menant au trépas.
Déjà la foi succombe et l'arche est solitaire;
Et la cour où jadis comme en un sanctuaire
Aux mortels éblouis un prince révéré
S'offrait dans la splendeur d'un prestige sacré,
Paraît dans les discours d'un infernal génie
Comme un séjour d'orgueil, d'effroi, de tyrannie.
O le meilleur des rois et le plus malheureux,
Tu serviras de proie au minotaure affreux !
C'est sur un trône, hélas! siége éternel de gloire,
Décoré par les arts, les mœurs et la victoire,
Qu'en des temps orageux le sort te fait monter
Pour y placer le crime et t'en précipiter.
Contre les attentats d'une ligue perfide,
Ciel! daigne le couvrir de ta puissante égide !
Environne, défends l'ouvrage de tes mains !
C'est le fils des Bourbons, c'est l'ami des humains,
Que ta rare faveur et les destins propices

Semblent nous accorder pour faire nos délices,
Hélas! et que lui sert de se montrer l'appui
Des antiques vertus qui ne brillent qu'en lui?
L'infortuné ne peut, par son auguste exemple,
Relever de nos mœurs et la gloire et le temple.
Il ne peut, sur un siècle et d'opprobre et d'horreur,
Imprimer sa grande ame et graver sa candeur,
Ni calmer par ses vœux une horde barbare
Qui, dans sa soif impie et sa fureur avare,
Va livrer la patrie au glaive des bourreaux,
Et dévorer sa gloire et ronger ses lambeaux.
Telle était de nos mœurs la ruine effroyable,
Quand de soixante rois l'héritier vénérable,
De l'état qui penchait au bord de son tombeau,
D'une incertaine main soutenait le fardeau.
Ciel! qui dirigera sa course périlleuse
A travers les écueils d'une mer orageuse?
Verra-t-il sur ses pas quelque homme vertueux,
Qui, sur ses vrais devoirs, lui fasse ouvrir les yeux?
Lui-même armera-t-il ce courage inflexible
Qui seul des factions prévient le choc terrible?
Hélas! en des momens d'imposture et d'erreur
Il dépose la foudre et fait parler son cœur.
Et de l'impiété, quand l'insolent cortége
Proclamant d'*Arouet* la gloire sacrilége,
Couronne l'ennemi des prêtres et des rois,
La cour élève en vain une impuissante voix.
Mais déjà de son sein l'orage affreux s'avance.
L'état anéanti sous une dette immense,
Voit du fisc épuisé dans ses derniers canaux,
S'élever sur sa tête un déluge de maux.
En ce moment terrible, et de crise et d'orage,
Où le gouvernement était près du naufrage,

Où Richelieu lui-même eût peut-être échoué ;
Un brouillon sans génie, à l'intrigue voué,
S'élevant à travers des routes souterraines,
De l'état chancelant osa prendre les rênes.
Il créa deux impôts qui pouvaient tout sauver ;
Mais il perdit l'état en n'osant achever.
  Peindrais-je cet esprit d'imprudentes cabales,
D'un faux zèle allumant les semences fatales ;
Et ce sénat qu'on vit défendre tant de fois
La liberté publique et le trône des rois,
Oubliant tout-à-coup son antique sagesse
Jeter, en répandant sa fanatique ivresse,
Par gloire, par erreur, ou par ambition
Les premiers fondemens de la rebellion ?
Ayant ainsi troublé, divisé l'état même,
Et compromis sur-tout l'autorité suprême,
Un ministre rempli d'impuissance, d'orgueil,
Tombe, et laisse son maître assis sur un écueil,
Au milieu des dangers produits par la tempête
Que lui-même il avait attiré sur sa tête.
  Il est, en politique, un adage fameux.
Lorsqu'en des jours de crise et des temps orageux
L'autorité des rois fait un pas en arrière,
Les factieux, alors, entrent dans la carrière,
Et le peuple égaré par ces guides trompeurs,
S'enivre avec transport du poison des erreurs.
Ouvrez, interrogez les annales du monde ;
Que de sang y grava cette leçon profonde !
L'histoire élève en vain sa voix et son flambeau,
Nos yeux dans le bonheur sont couverts d'un bandeau,
Et quand nous les ouvrons au jour qui nous accable,
Le désordre est au comble et le mal incurable.
O France ! tes malheurs n'ont que trop attesté

Les

Les tristes fondemens de cette vérité ?
Mais poursuivons.
Depuis la fameuse disgrâce
D'un ministre connu par une folle audace,
La cour, au lieu de voir l'approche du danger,
Dans ses illusions paraissait se plonger ;
Sans s'occuper, hélas ! dans son imprévoyance,
Des complots qu'on formait dans l'ombre du silence.
Cependant, que le peuple, ami des changemens,
Aux pieds de ses tribuns prodigue son encens ;
Que des mouvemens sourds semblent se faire entendre ;
Que l'intrigant s'essaie au parti qu'il doit prendre ;
En ces momens d'espoir et d'agitations,
Avant-coureurs certains des révolutions,
Les fautes de la cour, la faveur populaire,
Relevaient, couronnaient l'impuissant ministère
D'un *Solon*, de romans célèbre aventurier,
Ministre, bel esprit, chef de parti, banquier,
L'idole des frondeurs, l'homme par excellence,
En tous lieux proclamé le sauveur de la France.
Mollement endormi dans un songe flatteur,
Cet insensé, qu'aveugle une orgueilleuse erreur,
Ose approuver, aux yeux de la France abusée,
La politique loi de l'imprudent Thésée.
Un vain peuple égaré le prit pour son appui.
Calonne, plus profond, plus prévoyant que lui,
Usant d'une plus franche et plus noble ressource,
Pour saper les abus en attaquait la source ;
Et si ces deux grands corps que la foudre a frappés,
Des maux de l'avenir un peu plus occupés,
Avaient servi les plans dictés par le génie,
Calonne du naufrage eût sauvé sa patrie ;
Et l'on n'aurait point vu ces États dangereux,

Réceptacle effréné de tous les factieux,
Où devaient s'agiter et l'audace et le crime,
Et tous régner, hormis le prince légitime.
Ainsi, faible et mobile en ses opinions,
La cour, du Genevois servant les passions,
Et d'un nouveau Titus, la bonté paternelle
Ouvrit, pour s'affermir, une route nouvelle.
Un décret émané du conseil de nos rois,
Au mépris solennel de nos antiques lois,
De deux corps affaiblis énerva l'influence,
Et du côté du tiers fit pencher la balance.
Arrêt trop désastreux, source de tous nos maux,
Qui, de l'Europe entière, ébranla le repos.
Déjà les factieux, infectant nos provinces,
Sous les lois du meilleur, du plus juste des princes,
Répandent autour d'eux, avec confusion,
Les germes destructeurs de la sédition,
Allument en secret, au sein de nos murailles,
Un feu qui de la France embrase les entrailles,
Et livrent sans rougir, au mépris des mortels,
Les défenseurs sacrés du trône et des autels.
Une minorité, par le trouble animée,
Fermentait dans la cour, dans l'église, à l'armée.
Des libelles affreux, semés avec fureur,
Nourrissaient des esprits l'inquiète chaleur.
L'orage allait croissant, et les vœux de la France
Invoquaient des États l'orageuse puissance.
Enfin le terme affreux du bonheur de l'État
Où devait s'assembler un funeste sénat,
Arrive..... *hélas!* O France! en ce moment terrible,
De tes destins passés le génie invisible
S'éloigne en frémissant. Des orages affreux
Que vomit parmi nous cet antre ténébreux,

Obscurcissant soudain l'horizon politique,
Menacent d'ébranler la liberté publique.
Des maux les plus cruels comment se préserver?
Le tiers veut conquérir, le noble conserver;
Le clergé cherche en vain une utile alliance.
Toi seul, quand l'égoïsme empoisonne la France,
O Louis! ô mon prince! ô le meilleur des rois!
Pour l'intérêt de tous fis entendre ta voix!
Toi seul, en ce moment de trouble, de colère,
Tu parus à nos yeux comme un dieu tutélaire,
Couvrant de ton pouvoir des partis opposés.
Quand tout-à-coup, aux yeux des ordres divisés,
D'un tiers ambitieux les conjurés habiles,
Hypocrites adroits, en ressources fertiles,
Ayant d'un peuple aveugle échauffé les esprits,
Soutenus des brigands qui menaçaient *Paris*,
Virent de leurs rivaux, la puissance abaissée,
Par des dissentions devant eux éclipsée;
Et tous, fiers de l'éclat d'un triomphe imprévu,
Que le crime souvent ravit à la vertu,
Voulant mettre à profit un délire incroyable,
Qu'à peine excuseraient les rêves de la fable,
Ils osent se créer sénat national,
Et briser tous les nœuds du contrat social.
A ce coup qui surprit et la France et le monde,
La cour n'écoute plus que sa terreur profonde;
Elle frémit; *Louis*, à nos douze cents rois,
Commande en souverain pour la dernière fois.
La ligue s'en indigne, et fait soudain paraître
Sa rebelle fureur aux ordres de son maître.
On proclame, à la voix d'un perfide orateur,
D'un axiome vain le langage imposteur.
On voit un lâche armé d'un courage factice, (*Mirabeau*.)

Et d'un roi qui pouvait commander leur supplice,
Par des Gracques nouveaux le pouvoir froudroyé :
Tel par *Guise*, *Valois* se vit humilié.
Quiconque ose usurper l'autorité suprême,
S'il ne reçoit un frein, l'imposera lui-même.
Il fallait donc tonner en cette occasion,
Chasser les chefs hardis de la rebellion;
Contre les attentats d'une ligue naissante,
Déployer des soldats la force menaçante;
Enchaîner au devoir un corps usurpateur;
Puis, en offrant *Louis* dans toute sa grandeur,
Couronner des Français les vœux et l'espérance;
(*) Et d'un pouvoir nouveau qui maintînt la balance
Contre l'ambition ou du peuple ou du roi,
Proclamer le bienfait et l'immortelle loi;
Et changeant de l'état les formes politiques,
Prévenir le fracas des discordes publiques.
Mais avant de tracer par de vives couleurs
Des révolutions les naissantes horreurs,
Les injustes soupçons et la terreur panique
Dont remplit les esprits un acte impolitique,
Et l'orgueil d'un sénat qui paraît aujourd'hui
Pouvoir braver un roi dont il cherchait l'appui,
Peignons, en gémissant, dans mes tableaux fidelles,
La discorde versant ses semences cruelles
Au sein d'un ordre illustre autant qu'infortuné,
Par ses propres erreurs à périr condamné,
Qui se vit, étranger à de lâches intrigues,
Tout-à-coup accablé par d'implacables ligues,
Et par l'opinion qu'il pouvait éblouir,
Et qu'à force de gloire il devait conquérir.
Déjà, depuis long-temps le progrès des lumières

(*) Chambre-Haute.

Avait frappé les yeux des nations entières,
Et le peuple Français, voyait en frémissant
Les nobles s'applaudir d'un abus offensant,
Et sur lui seul les lois et les traitans avides
Porter, appesantir le fardeau des subsides.
Sans doute, sans envie, il voyait les grandeurs,
Les rangs, les dignités et des titres flatteurs
Conquis au prix d'un sang versé pour la patrie,
Parer les descendans de la chevalerie;
Mais il ne pouvait voir d'un œil indifférent,
Et sans même éprouver un vif ressentiment,
Qu'à l'église, à la cour, au sénat, à l'armée,
La porte des honneurs lui fût toujours fermée,
Et qu'il se vit contraint de naître et de mourir
Dans un état obscur dont il voulait sortir,
Sans jamais repousser sur la scène du monde
D'un sort injurieux la disgrace profonde;
Et vaincre avec honneur d'humilians abus,
Par l'éclat des talens ou celui des vertus.
Ainsi détruire un joug fondé sur nos rivages
Par des droits incertains et d'antiques usages;
Ainsi donc par l'appui d'irrévocables lois
Rendre l'impôt commun, au citoyen ses droits;
Du règne féodal effacer jusqu'aux traces,
Et consoler ainsi les publiques disgraces:
Tels s'offrirent nos vœux en tous lieux exprimés.
Mais conserver son culte et ses rois bien aimés,
Proclamer les Bourbons, et les formes durables
D'un empire vieilli sous des lois admirables;
Fuir le choc des partis, celui des passions,
Et préserver l'état des révolutions:
Tels furent les devoirs, et la clause chérie
Qu'à ses représentans imposa la patrie.

Ah! que devait donc faire en cette occasion,

Le sang des demi-dieux, des *Couci*, des *Bouillon*,
Ces enfans des héros, dont les bras tutélaires
Défendaient, protégeaient le trône de nos pères;
Tous ces grands revêtus d'une antique splendeur,
Vrais amis de la gloire et martyrs de l'honneur,
Qui, des faveurs des cours, conservaient d'âge en âge
Le privilége auguste et l'heureux héritage?
Ils devaient se montrer, en des temps malheureux,
Tels qu'ils furent toujours : des héros généreux.
Ils devaient, conjurant des disgraces extrêmes,
S'immoler pour leur prince et triompher d'eux-mêmes;
Briser avec grandeur, à nos yeux enchantés,
Des droits injurieux par le tiers contestés;
Et loin d'aigrir l'orgueil, l'ambition, la haine,
Par une résistance impolitique et vaine
Ils devaient arrêter, foulant les passions,
Le torrent des erreurs et des opinions;
Céder au temps jaloux qui détruit toutes choses,
Prévenir les effets en extirpant les causes;
Succomber avec gloire, obéir à la voix
D'un prince infortuné, le modèle des rois,
Et s'offrir en un mot sous de brillans auspices
Aux Français éblouis de tous leurs sacrifices.
Le clergé réuni devait, en ce beau jour,
Au nom d'un Dieu de paix, au nom d'un Dieu d'amour,
Imiter, devancer de si nobles exemples;
Et la reconnaissance eût embrassé nos temples.
Qui de nous peut douter qu'un noble dévoûment
N'eût satisfait, vaincu le parti triomphant?
Oui, la majorité du sénat populaire
Ne livrait qu'aux abus une implacable guerre,
Et soumise en son cœur, voulait de bonne foi
Et la paix de l'État et celle de son Roi.
Si l'on eût à ses yeux ouvert l'horrible abyme

Où devaient l'entraîner les noirs complots du crime,
Elle eût frémi d'horreur et chassé de son sein
Les coupables auteurs d'un si lâche dessein.
Et cette horde impie et dans l'ombre cachée,
Du sein du sénat même à tout perdre attachée,
Eût reculé d'effroi, de rage, de douleur,
Si d'un tel dévoûment l'effet prompt et vainqueur,
Réunissant le tiers, les nobles et les prêtres,
Avait pu, sous les yeux du plus tendre des maîtres,
(*) Par un nouveau pouvoir garantir à jamais
De ce jour glorieux les immortels bienfaits.
  Sans doute la noblesse, en ces momens d'orages,
Avait sacrifié ses plus chers avantages:
Mais cet ordre superbe, en ces dangers pressans,
Pour sauver les débris de ses droits expirans,
Par de vaines lenteurs, dans son imprévoyance
Perdait un temps utile à sa propre puissance.
Et la haine accusa de haute trahison
Ces combats que l'orgueil livrait à la raison.
On déclare cet ordre un conseil tyrannique,
Menaçant d'opprimer la liberté publique.
Et lorsque, tel qu'un fort dépouillé de remparts,
Ce corps infortuné, cerné de toutes parts,
Privé du seul appui qui pouvait le défendre,
Dans le camp des vainqueurs fut forcé de se rendre,
On ne vit plus en lui qu'un captif irrité,
Qui cède en frémissant à la nécessité:
Et cette faction cruelle, impitoyable,
Que j'ai peint machinant un complot effroyable,
Ne vit ce corps auguste et grand dans son malheur,
Que comme une victime offerte à sa fureur.

FIN DU PREMIER CHANT.

(*) Chambre-Haute.

CHANT SECOND.

Déja pour préluder, de ses mains parricides
Sur les autels sanglans des pâles Euménides,
Ce parti sacrilége immole la pitié.
 Le sénat triomphant, mais pourtant effrayé
Des dangers que pouvait attirer sur lui-même
L'injurieux éclat de son audace extrême,
Cachait, sous les dehors d'un orgueil menaçant,
Tous les soucis amers d'un chagrin dévorant ;
Rome lui présentait les *Gracques* qu'on immole,
Tombant sous les poignards du haut du capitole.
Il avait bien pour lui l'opinion du jour ;
Mais il en redoutait le funeste retour.
Son poste était brillant, mais sur un précipice,
Et du trône il craignait de marcher au supplice.
Du prince il connaissait la funeste bonté
Qu'entretenait encore un ministre écouté.
Mais ce prince pouvait, en monarque sévère,
Appesantir sur lui le poids de sa colère,
Et venger à jamais, aux yeux des nations,
L'honneur de la patrie et celui des Bourbons.
Son armée entourait et *Paris* et *Versailles*,
Brûlant de s'élancer, d'investir leurs murailles,
Et, la foudre à la main, d'écraser des partis
Faibles, naissans à peine, encor tous mal unis.
Ah ! combien les projets d'une juste vengeance
Étaient loin de ton ame ouverte à la clémence !

O l'ami de ton peuple ! ô martyr de la paix !
Des armes dans ta cour annonçaient des bienfaits.
Qu'on suppose aisément les crimes qu'on médite !
Oui, d'une faction sacrilége, hypocrite,
Le langage imposteur, tonnant avec éclat,
Peint d'horribles complots, alarme le sénat.
Sur *Paris* on étend ces lugubres images.
On peint, parmi le deuil, les meurtres, les outrages;
Ses pâles citoyens tristement écrasés
Sous les débris fumans de leurs toits embrasés.
A l'espoir le plus doux arrachant la patrie,
Au plus infame joug on nous l'offre asservie,
Gémissant dans la honte et dans l'oppression,
Sous les lois d'un *Titus* qu'on transforme en *Néron*.
O calomnie atroce, autant que criminelle,
Tu troublas les esprits d'une cité fidelle !
Furieuse, elle s'arme et songe à prévenir
Les fléaux qu'à ses yeux déroule l'avenir.
On parle, on intimide, on échauffe, on conjure.
Une garde trompée embrasse le parjure.
L'appas de l'or arrache à leurs antres impurs,
A la crainte des lois, des scélérats obscurs.
Du plus affreux forfait l'éloquence complice,
Aux cris désespérés d'une douleur factice,
Réunissant le choc de tant de passions,
De la guerre civile allume les brandons.
Déplorable succès, digne des plans iniques
Des monstres qui, soufflant les tempêtes publiques,
Brûlaient de renverser le trône de nos rois,
Et ses nobles soutiens et nos antiques lois;
De déployer leur sceptre au milieu des ruines;
De s'engraisser, enfin, de sang et de rapines.
Ainsi, lorsque *Louis* s'offre en dieu bienfaiteur,

Paris épouvanté s'enivre de fureur ;
Et du sein des plaisirs, de l'ivresse des fêtes,
Soulevant tout-à-coup d'effroyables tempêtes,
Il rompt le frein sacré de la soumission,
Et lève l'étendard de la rebellion.
La discorde, allumant le flambeau des furies,
Verse ses noirs poisons, ses couleuvres impies ;
Et l'erreur, au milieu de tant de passions,
Couvre tout du bandeau de ses illusions.
On s'agite, on accourt, on répand les alarmes :
Tout bourgeois est soldat, tout Paris est en armes.
L'airain brûlant vomit le carnage et la mort.
On attaque soudain ce redoutable fort,
Où des lois autrefois la sage vigilance
Retenait dans les fers le crime et la licence.
Soudain sur les remparts défendus sans vigueur
Dix mille audacieux volent avec fureur.
Là, parmi les horreurs du meurtre et du pillage,
Dans les plus noirs excès de délire et de rage,
Les plus vils scélérats, que la bonté des rois
Avait ravi peut-être au glaive de nos lois,
Sont nommés (tout couverts de leur ignominie),
Les martyrs de la cour et de la tyrannie ;
Et comme à des héros rendus à l'Univers,
On baise avec respect les débris de leurs fers.
Que vois-je? juste ciel! Des conquérans féroces,
Souillant le nom français par des crimes atroces,
Ainsi qu'un meurtrier par les lois condamné,
Traînent à l'échafaud le malheureux *Launai.*
Il périt, et ce n'est que le signal des crimes.
Déjà *Berthier, Flesselle*, honorables victimes,
Éprouvant la fureur du peuple et des destins,
Ont tombé sous les coups de leurs vils assassins.

La tête de *Foulon* de son tronc arrachée,
Au sommet d'une pique avec pompe attachée,
Sert de trophée horrible à de lâches vainqueurs.
Ce fut parmi ce deuil, ces forfaits, ces horreurs,
Qu'un insensé reçut de coupables hommages
Sur des autels sanglans, souillés de ses images;
Que nos Gracques nouveaux, d'un front ambitieux
Rugirent à ses pieds leurs sacriléges vœux.
Ce sont de tels succès et la suite cruelle
D'une journée affreuse, autant que criminelle,
Digne à la fois d'horreur et d'exécration,
Célèbre par le meurtre et la rebellion,
Qu'on osa célébrer sur des autels civiques,
Parmi les flots impurs de ligueurs fanatiques,
Et qu'un délire impie, au nom d'un Dieu de paix,
Intéressa la terre à de pareils forfaits.
  Cependant ce sénat heureux et téméraire,
Armé par la faveur du sceptre populaire,
S'élevait au milieu de nos dissentions,
Et foulait à ses pieds l'orgueil des passions.
Il avait, par l'effort des plus rudes tempêtes,
Fait courber devant lui les plus superbes têtes.
Deux ordres entraînés dans ces momens d'effroi
Avaient, en frémissant, subi la même loi.
Le roi toujours vaincu par sa bonté fatale,
Venait d'humilier la majesté royale;
Et confondant son peuple avec des fils ingrats,
En père confiant se jetait dans leurs bras.
Rien ne pouvait donc plus arrêter leur audace.
Tous les pouvoirs étaient descendus de leur place:
Les soldats dispersés par un ordre imprudent;
La France toujours ivre et Paris menaçant.
Ceux qui, par leurs vertus, leurs talens, leur courage,
Pouvaient servir la cour, inspirer quelque ombrage,

Épouvantés du bruit de nos proscriptions,
Cherchèrent leur salut chez d'autres nations.
Ainsi, fier d'un succès qu'il devait à des crimes,
Sur un trône couvert du sang de ses victimes,
Armé de la terreur, de sophismes brillans,
Et du sombre appareil qui convient aux tyrans,
Le sénat, dérobant sous un masque perfide
De ses plans destructeurs le poison homicide,
Éblouit les Français du charme des erreurs,
Et leur fit adorer ses lois et ses fureurs.

Mais avant d'annoncer ses actions infames,
Ses manéges affreux, ses sacriléges trames,
Essayons de tracer, d'un pinceau courageux,
Les Gracques éclatans, les premiers factieux.
Peignons ce *Mirabeau* dont rougit la nature,
Monstre pétri d'orgueil, d'audace, de luxure,
Promenant en tous lieux, errant, persécuté,
Et son ignominie et sa célébrité.
Semblable à ces vapeurs qui de nos marécages
Forment en s'élévant, la foudre et les orages,
Tel ce tribun cruel, dans la fange plongé,
Accablé du fardeau dont il était chargé,
Sécoua son opprobre, et d'une main impie
Vint plonger le poignard au sein de sa patrie.
Son ordre de son sein l'éloigne avec horreur.
Le tiers, en l'adoptant, crut trouver un vengeur;
Et sur un front couvert de la haine publique,
Il osa déposer la couronne civique.
En entrant au sénat, ce farouche *Brutus*
Fait ouvrir, à sa voix, les portes de *Janus*.
Il livre aux passions le sang de ses victimes,
Et venge sur les lois la honte de ses crimes.
Nul ne sut, mieux que lui, cet art, cet art affreux
D'égarer les esprits d'un peuple malheureux.

Sophiste ingénieux et profond politique,
Tonnant dans le sénat en tribun fanatique,
Son air, sa voix, son ton, sa fausse humanité,
Semblaient subjuguer tout, jusqu'à la vérité.
Enfin, le monstre affreux dont je trace l'image,
Aurait été *Cromwel*, s'il eût eu son courage.
Vous peindrai-je *Paris* de douleur consterné,
A l'aspect des forfaits d'un peuple déchaîné?
Et *Barnave* étalant une joie insolente,
En voyant de *Foulon* la dépouille sanglante.
Que je couvre aussitôt des plus noires couleurs
Deux monstres, héritiers de toutes les fureurs,
Roberspierre, Péthion, auprès desquels, peut-être,
Les plus affreux tyrans semblent cesser de l'être;
Implacables vautours dans le sang engraissés,
Qui régneront bientôt sur des morts entassés;
Plus barbares encor que leurs lois sanguinaires,
Et l'opprobre éternel des états populaires.
Mais quel nom vient souiller... ô crime !.. ô justes cieux!
Un prince soulevant son front séditieux,
Sans offrir ni valeur, ni gloire, ni génie,
Ambitieux par air, factieux par manie,
Brûlait d'armer sa main contre son propre sang,
De renverser son maître et d'usurper son rang.
Méprisé de la cour, du peuple et de l'armée,
Pour mieux en imposer, même à la renommée,
Il se montra sensible aux cris de l'indigent,
Et parut à nos yeux comme un dieu bienfaisant.
Depuis, dans cette longue et ridicule guerre
(*) Que nos douze sénats livraient au ministère,
Il s'unit au parti de tous les conjurés,

(*) Les douze parlemens.

Et fronda de la cour les plans désespérés.
La cour, qui ne vit pas où tendait son audace,
L'accable tout-à-coup du poids de sa disgrace,
Et le peuple égaré, qui cherchait un appui,
Le prit pour son héros, dès qu'il souffrit pour lui.
Il avait de seigneurs une nombreuse escorte,
Respirant comme lui l'audace et la révolte.
Au milieu du torrent de nos ambitieux,
Lafayette s'offrait en astre radieux:
Les intérêts du jour, l'opinion publique,
En faisaient un héros, sauveur de l'Amérique.
Francklin l'avait loué dans les murs de *Boston*,
Et Paris attendait un nouveau *Washington*.
Lui-même enorgueilli de la gloire apparente
Dont l'éclat échauffait sa jeunesse imprudente,
Fier du parti nombreux qui poussait son ardeur,
Paraissait aux états en vrai triomphateur :
Mais cet astre trompeur, au fort de sa victoire
Fit son cours sans éclat et s'éteignit sans gloire.
Grand prince! ce fut donc à de semblables mains
Qu'on osa des Français confier les destins;
A des chefs qui, livrés au plus cruel délire,
Cherchaient à s'élever en renversant l'empire,
Et croyaient, dans l'excès d'un orgueil inoui,
Rendre de leurs décrets l'Univers ébloui.
A leurs côtés marchait l'esprit philosophique
Qui seul devait dicter leur code politique;
Et devant leurs clartés, *Marc-Aurèle*, *Bacon*,
Qui du monde moral éclairent l'horizon,
Allaient tous s'éclipser; ainsi que des nuits sombres,
L'astre éclatant du jour disperse au loin les ombres.
L'homme régénéré par leurs décrets divins,
Devait laisser bien loin les Grecs et les Romains.

Lycurgue n'a produit que des guerriers sublimes;
Solon, qu'un vain recueil de lois pusillanimes;
Numa fit les Romains; mais sous le joug des dieux
Il courba son esprit faible et religieux.
Montesquieu, qui joua la liberté publique,
Consacra de l'État la forme monarchique.
D'Aguesseau, *l'Hopital*, étaient des orateurs;
Mably parla des lois; *Rousseau* vantait les mœurs:
Et d'un titre trompeur l'Angleterre abusée,
N'a qu'une servitude adroite et déguisée.
Ainsi de nos tribuns l'orgueil injurieux
Éteignant les flambeaux qui brillaient devant eux,
Loin de l'expérience et des routes connues,
Suivit le fol *Icare* égaré dans les nues;
Et de l'enfantement qui troublait leur cerveau,
Le fruit perturbateur fut un monstre nouveau,
Les droits de l'homme nés d'une coupable ivresse,
Et qui de la nature offensaient la sagesse,
Dont le tableau vivant, sans cesse répété,
Consacre le bienfait de l'inégalité.
Voyez cet humble arbuste, enseveli sous l'herbe,
A côté du platane et du chêne superbe:
Ce roc dominateur régnant sur le vallon,
Le génie est au *Tasse* et la force à *Milon*;
Nestor reçut des cieux l'éloquence en partage;
Ulysse a la prudence, *Achille* le courage;
Consultez le passé, le présent, l'avenir,
L'un naît pour commander, l'autre pour obéir.
Tel est l'ordre éternel, constant, inaltérable,
Qu'établit ici-bas la sagesse immuable.
La seule égalité règne aux yeux de la loi;
Et notre esprit ne peut, s'élançant hors de soi,
Franchir imprudemment les augustes limites

Qu'à son coupable orgueil la nature a prescrites,
Sans armer les poignards, sans ouvrir les tombeaux,
Et sans renouveler l'image du chaos.
Sur des principes faux avec art élevée,
La constitution, en naissant réprouvée,
Menace d'ébranler toutes les nations.
Elle allume par-tout le feu des passions.
Elle éveille l'orgueil, caresse la licence;
Des dépouilles du riche éblouit l'indigence;
Abandonne le faible à la loi du plus fort,
Et répand en tous lieux des semences de mort.
Ces esprits qui, privés de lumières, de force,
Des objets n'ont jamais embrassé que l'écorce;
Tous ces nains rengorgés, pétris de vanité,
De sotte ambition et d'imbécillité,
Frappés du faux éclat des plus vaines chimères,
Portèrent jusqu'aux cieux nos tribuns populaires:
Ce délire cruel, ce triste aveuglement,
Qui d'un épais bandeau voila leur jugement,
Poussa l'impiété, soutint les plans iniques
Des grands déprédateurs des fortunes publiques,
Servit les inventeurs des ridicules lois
Qui couronnaient le peuple en conservant les rois,
Et des républicains plus adroits, plus perfides,
Fit triompher enfin les complots régicides.
Mais avant de porter ses redoutables coups
Sur les corps malheureux que son orgueil jaloux
Voyait naguère encor dominer sur la France,
Et briser pour toujours leur antique puissance,
Le sénat méditait un complot inhumain,
Bien digne des horreurs de son lâche dessein.
Sans doute ses succès, sa fortune éclatante,
Son immense pouvoir, surpassaient son attente;

Mais

Mais à ce haut degré de gloire, de grandeur,
Il était poursuivi d'une juste terreur.
Sans doute, il avait su détourner la tempête
Et disperser le camp qui menaçait sa tête,
Et semant à son tour un dangereux effroi,
Asservir sans remords, sa patrie et son Roi.
Mais ce Roi, qu'une injuste et noire politique
Dépouillait par degrés de la faveur publique,
Ce Roi trop nécessaire aux plans des factieux,
Pouvait enfin briser des fers injurieux.
Une garde nombreuse, intrépide et fidèle,
Sur ce dépôt sacré veillait en sentinelle;
Il pouvait, protégé par ce corps de héros,
Fuir Versailles, et loin du fer de ses bourreaux,
Voler à Metz, paraître au sein de son armée,
Parler en souverain à la ligue alarmée,
La disperser, tonner contre des fils ingrats,
Et porter dans Paris la foudre et le trépas.
Ainsi dans la terreur qui suit la défiance,
Pour prévenir les traits d'une juste vengeance
Qu'oubliait un monarque, hélas! trop généreux,
Nos lâches conjurés, de leurs antres affreux
Font sortir tout-à-coup des femmes effrénées,
Au vin, à la débauche, au crime abandonnées,
Qui, vivant de l'opprobre ou des vices d'autrui,
De leurs horribles mœurs faisant leur seul appui,
Vendent à la révolte et leurs bras et leur rage,
Et de leur propre honte armant l'affreux courage,
Poussent le char sanglant des révolutions.
Dans leurs mains, *Tisiphone* allumant ses tisons,
Range sous leurs drapeaux des bouchers sanguinaires,
Des brigands tour à tour assassins ou faussaires,
Des scélérats perdus de dettes et d'honneur,

Des *Séides* qu'armaient l'imposture et l'erreur,
Vrais tigres altérés de meurtres, de rapines,
De leur triste patrie avançant les ruines :
Des piques, des flambeaux, des glaives, des poignards,
Sont de ces légions les affreux étendards;
Elles osent, grand Dieu! jusqu'au sein de *Versailles*,
D'une enceinte sacrée assiéger les murailles.
Voyez, pleins de fureur, ces bruyans bataillons
Vomir dans le palais leurs imprécations;
La reine avec effroi s'élançant de sa couche,
Et, pour comble d'horreur, une horde farouche,
A l'auguste héritier de tant de souverains
Dicter insolemment ses décrets inhumains;
Tandis que du palais la garde infortunée
Voit par l'ordre du Roi sa valeur enchaînée,
Et, livrée aux fureurs des plus noirs attentats,
Gémit, reçoit la mort et ne la donne pas.
O ciel! nos sénateurs, en un jour parricide,
Loin de couvrir Louis de leur puissante égide,
De l'entourer, armés des foudres de la loi,
Vengent en beaux discours leur patrie et leur Roi.
O temps! o mœurs! déjà vers *Paris* on entraîne
Le prince qui, tremblant sur le sort de la reine,
Adresse au Ciel des vœux en héros, en chrétien,
Pour un empire, hélas! qui n'était plus le sien.
  Ce fut parmi l'effroi de ces scènes fatales,
Dignes de leurs auteurs, dignes des cannibales,
Dans le sombre appareil des plus cruels exploits,
Et des outrages faits au meilleur de nos rois,
Parmi des hurlemens, des piques menaçantes,
Elevant dans les airs des dépouilles sanglantes,
Qu'un lâche, profanant le nom sacré d'amour,
A Louis, dans les fers, osa vanter ce jour.

FIN DU SECOND CHANT.

CHANT TROISIÈME.

Ainsi donc arraché du palais de ses pères,
Par des tribuns cruels, par des mains sanguinaires,
Un monarque, un *Titus* en des fers odieux
Tombe du trône antique où régnaient ses aïeux;
Sans gardes, dépouillé de toute sa puissance,
Ne pouvant opposer, en des jours de démence,
Au fer de ses tyrans, aux crimes de la loi,
Qu'un fantôme paré du vain titre de roi.
  Déjà dans tout l'éclat d'un triomphe barbare,
Contre lui, sans remords, la ligue se déclare;
Elle unira la France aux crimes de *Paris*;
Et, de vaines terreurs agitant les esprits,
Par ses cruels agens nos villes alarmées,
Enfantent tout-à-coup d'innombrables armées,
Sacriléges appuis d'une odieuse loi.
O crime! les soldats du plus malheureux roi,
Stipendiés, séduits, égarés par des traîtres,
Désertent les drapeaux de leurs antiques maîtres:
Tout se confond. On voit des partis inhumains
S'armer, se déchirer de leurs sanglantes mains;
D'un funèbre manteau, sur son trône voilée,
A de vains argumens la justice immolée,
La flamme dévorer les palais, les châteaux,
Des nobles massacrés par leurs propres vassaux,

Et de vils orateurs, du haut de la tribune,
Maîtrisant le sénat, la cour et la fortune,
Faire revivre aux yeux des Français éperdus,
Les horribles décrets du cruel *Marius.*

Mais à l'ambition, à l'injustice, aux crimes,
Il est temps d'immoler deux augustes victimes.
Philosophes, régnez!...... Le sénat à genoux
Partage vos erreurs, ou craint votre courroux.
D'un vain ménagement osez quitter les restes,
Et poursuivez le cours de vos exploits funestes!
Qui peut vous arrêter, quand vos heureuses lois
Ont détruit sans combat la puissance des rois!
Vous avez, d'*Orléans*, des trésors, une armée;
De vos cliens nombreux la tendresse affamée,
Qui, pour vous soutenir, fait d'horribles efforts,
Immole honneur, devoirs, fait taire les remords;
Pour prix de ses bienfaits, pour prix de ses services,
Ose attendre de vous les plus grands sacrifices:
Dépouillez le clergé. Dans ces momens d'erreur
Vous avez tout pour vous, l'audace et le bonheur!
Les siècles contre vous ne sauraient le défendre,
Et vos décrets vainqueurs peuvent tout entreprendre!
Mais, loin de mon discours, où va donc m'emporter
L'aspect des attentats que je vais raconter?
Grand prince, je reprends le fil de mon histoire.
Le sénat donc, au sein d'une funeste gloire,
Voyait avec orgueil, par ses lois abattu,
Le corps dont il voulait attaquer la vertu.
Mais il respire encore...; il faut ouvrir sa tombe;
Et la philosophie attend cet hécatombe.
Un schisme servira ce projet criminel.
Et jaloux de souiller le ministre et l'autel,
Mirabeau, comme au crime à toute erreur fidelle,

Sera le précurseur de cette loi nouvelle ;
Et d'un sénat rusé l'outrageante faveur
Ne pouvant soutenir le culte usurpateur,
Le mépris pèsera sur les nouveaux apôtres,
Et l'exil ou la mort triomphera des autres.
Barbares, arrêtez.... ! De tant de maux affreux
Oseriez-vous frapper des prêtres malheureux,
Qui, montrant les premiers à l'Europe éblouie,
Les sources du savoir, le flambeau du génie,
Ont, de la France entière, illustres précepteurs,
Enfanté le grand siècle et de gloire et de mœurs ?
Ils ont de vos héros fécondé la vaillance ;
Ils ont créé vos arts, vos champs, votre éloquence ;
Ils ont produit *Vincent*, *Sales* et *Fénélon*,
Belsunce, dont *Marseille* a consacré le nom :
Couvrant de la splendeur de leur vertu sublime
Ce que l'antiquité vit de plus magnanime.
Et quand la terre eut vu les Grecs et les Romains
Placer sur des autels tous ces hommes divins,
Vous oseriez, pour prix de leurs nobles services,
Contre leurs successeurs déployer les supplices ?
Ces successeurs seront grands comme leurs bienfaits,
Et leurs vertus iront plus loin que vos forfaits.
Vous les verrez, bravant le poignard des tribunes,
S'élevant au-dessus de toutes les fortunes,
Du schisme foudroyant les dogmes imposteurs,
Tomber aux pieds du Dieu qu'attaquent vos fureurs,
Et proclamer la foi de leur antique église,
Par eux libre d'erreurs, jusques à nous transmise.
O prêtres généreux, si lâchement proscrits !
Elle traversera les âges attendris
En faisceau radieux de splendeur et de gloire,
De vos nobles travaux la magnanime histoire !

Elle fera l'orgueil de nos derniers neveux,
Et ne s'effacera qu'au moment désastreux
Où, des temps et des jours arrêtés dans leur course,
L'Univers effrayé verra tarir la source.
Ce schisme, ayant ainsi renversé sans pitié
Un corps que l'on avait lâchement dépouillé;
Ce monstre fut pour nous la boîte de *Pandore*.
Avec lui tous les maux s'empressèrent d'éclore;
Et la discorde impie égarant les mortels,
Secoua ses flambeaux jusque sur nos autels.
Le temple, épouvanté d'une voix étrangère,
Vit le peuple dicter des lois au sanctuaire;
Et *Dathan*, entouré d'un cortége inhumain,
Arracher l'encensoir, les armes à la main.
Ce schime ayant bientôt accablé de sa haine
Les plus fermes appuis de l'église romaine,
Le sénat n'avait plus qu'à fouler à ses pieds
Des nobles et des grands les fronts humiliés.
On avait immolé l'autel à l'avarice;
Il fallait à l'orgueil un nouveau sacrifice.
Il fallait renverser, ces titres fastueux,
Du règne féodal enfans injurieux;
Ces ordres révérés, dont l'éclat politique
Outrageait dès long-temps la liberté publique.
Ainsi les descendans des antiques *Couci*,
Des *Clermont*, des *Rohan* et des *Montmorenci*,
Virent sur les débris de leur gloire passée,
D'un tiers ambitieux la puissance exhaussée,
Et d'obscurs plébéiens, de splendeur revêtus,
Planer sur le tombeau de leurs droits abattus.
Ce fut parmi le deuil, les meurtres, les ruines,
Parmi le long fracas des guerres intestines,
Au milieu des fureurs et des embrasemens,

D'un sénat orageux lugubres monumens,
Qu'on vit, ô temps! ô mœurs! des cendres avilies, (*Volt.*)
D'un tombeau sacrilége avec soin recueillies,
Recevoir dans *Paris* les honneurs éclatans
Qu'offrait le paganisme à des dieux impuissans;
Qu'on vit l'impiété, l'audace, le blasphème,
Des désordres publics couronner l'auteur même,
Et proscrivant le temple et le Dieu *d'Israël*,
Placer son ennemi jusque sur son autel.
Mais, prince, en écoutant tant d'actions infames,
Tant de crimes affreux, tant d'odieuses trames,
Ne pensez pas que tous, dans le parti vainqueur,
Nourrissent au sénat ces sentimens d'horreur;
Que tous, également fauteurs de l'anarchie,
Fussent les ennemis de notre monarchie.
Non!.... La majorité, d'une commune voix,
Voulait sauver le trône et conserver ses rois;
Voyait, en frémissant, les troubles sanguinaires
Qui souillaient chaque jour ses lauriers populaires.
Mais, voués à l'église, au commerce, au barreau,
La plupart éclipsés dans ce monde nouveau,
Ignorant des complots les marches dangereuses,
Ces conspirations sourdes et ténébreuses;
Ces crimes courageux, ces tranquilles noirceurs,
Ces volcans endormis et cachés sous des fleurs,
Dont les feux tout-à-coup dévorent leurs victimes,
Ou sous leurs pas tremblans entr'ouvrent des abymes;
Pouvaient-ils, quoique ornés des plus rares talens,
Échapper les premiers aux fers de nos tyrans?
Ce fut donc au milieu de ces tribuns timides,
Peu propres à former des projets homicides,
Amis des changemens et non des attentats,
Que des *Gracques* nouveaux, de hardis scélérats,

Attaquant le monarque, outrageant la patrie,
Osèrent propager, dans leur noire furie,
Ces systèmes cruels par l'erreur enfantés,
Épouvantables fruits de nos impiétés,
Que, d'un prince abhorré les cruels émissaires,
Tribuns audacieux, orateurs mercenaires,
Détracteurs insolens des droits les plus sacrés,
Remplirent de fureur les peuples égarés,
Pour élever un lâche au trône de son maître;
Et les républicains, plus perfides peut-être,
Poussant le char affreux des révolutions,
Servaient dans *Orléans* leurs propres passions,
Et ne le couronnaient sur ce sanglant théâtre,
Qu'en cachant le poignard dont ils voulaient l'abattre.
Ce furent ces tyrans, dont la coupable voix
Des antiques états osa rompre les lois,
Qui, cachant leurs secrets dans la nuit du silence,
Ravirent par le tiers la suprême puissance;
Qui furent, de la guerre allumant le brandon,
Fabricateurs du schisme, assassins de *Foulon*,
Firent du sol français de sanglantes arènes,
Et qui mirent enfin leur prince dans les chaînes.
Les autres, que j'ai peints, redoutant tour à tour
La licence, les fers, et le peuple et la cour,
Placés entre le choc de deux partis extrêmes,
Par crainte, orgueil, espoir et par leurs fautes mêmes,
Se virent tristement loin du bord entraînés,
Au milieu des torrens qu'on avait déchaînés;
Et gémissant trop tard de leur imprévoyance,
D'une orageuse mer, suivaient la violence.

Nadir, à ce propos interrompant Dessaix :
« Vous ne me parlez pas, lui dit-il, des Français,
Qui, de l'erreur publique abandonnant les traces,

Combattaient pour la cour au milieu des disgraces ;
Et dont tous les dangers ne faisaient qu'affermir
Le sentiment profond qui les faisait agir. »
Grand roi, de ce parti je vous dirai l'histoire,
Sans affaiblir ses torts, ses revers et sa gloire.
Avec moins de succès que d'honneur et d'éclat,
Ce parti malheureux paraissait au sénat,
Et sans s'humilier de sa chute profonde,
Croyait, quoique abattu, pouvoir sauver le monde.
Et, soit que les fureurs des révolutions
Exaltant les esprits comme les passions,
Donnent à l'éloquence un accent plus terrible,
A l'ame maîtrisée une audace inflexible,
Ce parti combattait, quoique toujours vaincu,
Avec toute sa gloire et toute sa vertu.
Trop fier pour abaisser son orgueil indomptable,
A calmer des tyrans la victoire implacable,
Au-dessus des dangers, toujours maître de soi,
Même au bord du tombeau semblait faire la loi;
Et d'un devoir sacré, courageuse victime,
D'un triomphe odieux faisait rougir le crime.
On voyait cependant une funeste erreur,
Mêler en lui son ombre aux traits de la grandeur :
Séduits du fol espoir qu'un inconstant vulgaire
Leur rendrait des honneurs le sceptre héréditaire,
D'un regard dédaigneux les nobles contemplaient
Les décrets plébéiens qui les en dépouillaient,
Pensant que la raison, succédant au délire,
Remettrait dans leurs mains les rènes de l'empire.
Bien plus, nos grands encor condamnés à fléchir
Devant ceux qu'ils croyaient nés pour leur obéir,
Humiliés, proscrits, exposés aux outrages
De ceux qu'ils avaient vu leur rendre des hommages,

Courbaient en frémissant leur front précipité
Du faîte des honneurs et de l'autorité ;
Dédaignant d'employer les ressorts nécessaires
Pour affaiblir les rangs de leurs fiers adversaires ;
Et d'un retour prochain menaçant leurs vainqueurs,
Du peuple méprisaient la haine et les faveurs.
Mais, enfin, pourquoi donc d'une grandeur stérile
Déployer au sénat l'appareil inutile ?
Pourquoi ne pas combattre, en fuyant les excès,
Leurs ardens ennemis avec les mêmes traits ?
Opposer ruse à ruse, et sur la même arène
Ramener les Français à leur heureuse chaîne ?
Dissiper les soupçons et séduisant les cœurs,
Endormir le fracas des publiques erreurs ?
Des chefs audacieux du parti populaire
Il fallait acheter la faveur mercenaire ;
Par l'or, la gloire même enchaînant *Mirabeau*,
Des révolutions éteindre le flambeau ;
Faire pâlir d'effroi, jusqu'au sein des délices,
Un prince environné de ses lâches complices ;
Contre enfin les excès d'un injuste pouvoir,
Défendre un Roi trop bon, relever notre espoir,
Flatter, plaire, éblouir, répandre des largesses,
Ne s'arrêter enfin qu'au crime et qu'aux bassesses.
Dans *Athènes Cimon*, et dans *Rome* César,
Attachèrent ainsi les peuples à leur char.
Mais nos seigneurs trompés, en ces jours de démence,
Par mille ans de bonheur, de gloire, de puissance,
Auraient cru s'avilir en briguant les emplois
Décernés par le peuple et les nouvelles lois ;
Et les places ainsi par leur folle retraite,
De leurs fiers ennemis devinrent la conquête,
Qui, plus habiles qu'eux en révolutions,

Les accablant du poids de leurs proscriptions,
Éloignèrent les uns par un décret funeste,
Et sous un joug affreux firent plier le reste.
Mais, *Nadir*, il est temps, à vos regards charmés,
D'offrir ces orateurs d'un beau zèle animés,
Qui flambeaux, défenseurs de ce corps héroïque,
Illustraient au sénat l'éloquence publique.
Peindrais-je *Malouet*, couvert d'un noble deuil,
De nos mourantes lois embrassant le cercueil?
Tollendal, foudroyant la horde ensanglantée
Qui chassa de son lit la reine épouvantée?
(*) Montesquiou suspendant le décret solennel
Qui devait dépouiller le ministre et l'autel?
Oublîrais-je *Mounier*, et l'éloquent *Bergasse*,
Dont la voix éclairée attaque avec audace
Ce papier désastreux, numéraire imposteur,
Inventé par le crime et reçu par l'erreur.
Qui peut, ô Cazalès! à ton noble courage,
A tes nobles discours refuser son hommage?
Citoyen, orateur, profond, homme d'état,
C'est *Bayard* en champs clos, *Phocion* au sénat.
Mais dans cette carrière honorable et brillante,
(**) Présentons à Mauri la palme triomphante;
Mauri qui réunit, par un accord flatteur,
Le courage d'esprit au courage du cœur.
Ardent, infatigable et toujours intrépide,
Aux champs de l'éloquence il combat comme *Alcide*;
Inébranlable appui de l'église et des rois,
Il embrasse leur cause, il en soutient les droits;

(*) (M. l'abbé de)

(**) Mauri,
Qui depuis..... Mais alors il était vertueux.

Et jusque sur le trône où la faveur les place,
Des orgueilleux tribuns il fait pâlir l'audace.
Dans son sublime essor c'est l'aigle impérieux,
Qui brave en paix l'orage et plane dans les cieux;
Et quand dans son éclat sa chaleur se déploie,
Il éclaire, il émeut, il renverse, il foudroie.
Ainsi contre *Philippe* un grec se déchaîna.
Tel *Cicéron* tonnait contre *Calitina.*
Le farouche assassin qui contre lui conspire,
De sa gloire ébloui se détourne, l'admire;
Et le crime cent fois vaincu par ses talens,
Frémit de lui vouer des applaudissemens.

Mais déjà nous touchons à l'époque fatale
Où, le fier destructeur de la grandeur royale,
Le sénat investit de nouveaux souverains
Du sceptre chancelant qui pesait à ses mains,
En livrant lâchement et la France et son maître
A d'horribles périls que lui seul à fait naître;
Tandis que, en conservant et l'empire et la loi,
Il pouvait relever sa patrie et son Roi.
En vain de *Cazalès* la sagesse profonde
Tonne, comme *Caton*, sur les débris du monde,
Alarme le sénat et l'invite à rester
Sur le trône orageux qu'il brûle de quitter.
Il en descend : déjà la nouvelle assemblée
Prend du code nouveau la puissance ébranlée.
O tribuns incertains! ô malheureux sénat!
Que de maux leur faiblesse a versés dans l'état?
Voyez déjà régner l'affreux jacobinisme,
Enfanté par le crime, au sein de l'athéisme;
Monstre implacable, ardent, qui, dans son noir courroux,
Accable le malheur, embrassant ses genoux :
Ses regards embrasés font trembler la nature.

Il exhale la mort de son haleine impure.
Les guerres, les complots et les fausses terreurs,
Des grands assassinats, sombres avant-coureurs,
La haine dans ses bras étouffant ses victimes,
Accompagnent son char attelé par les crimes,
Couvert du sombre éclat de ses exploits passés,
Il arrive à Paris, et ses vœux exaucés,
Ont proclamé la ligue, et placé son idole
Sur les autels sanglans d'un nouveau capitole.
C'est ce *club* où mugit le torrent débordé,
D'un peuple indépendant par la fureur guidé,
Qui, cédant au sénat l'autorité suprême,
Même en s'en dépouillant, veut régner par lui-même ;
Qui veut, en répandant la terreur des forfaits,
Écraser sous son joug les malheureux Français ;
Qui, pour mieux cimenter sa funeste puissance,
Sut former avec art une horrible alliance
Avec mille autres *clubs* dans la France semés ;
Politiques volcans, dont les feux allumés
Vomissent sur l'État de leurs brûlans cratères
Le poison dangereux des laves populaires.

Vous peindrais-je, Nadir, ce jour, ce jour affreux
Où (sacriléges fruits d'un pouvoir monstrueux),
Des hommes, les bras nus, les mains encor sanglantes,
Faisant voler au loin leurs clameurs menaçantes,
Tous enivrés de vin, de démence, d'erreurs,
Hérissés de soupçons, de haines, de fureurs,
Ont osé proclamer l'immortelle existence,
D'une loi qui devait périr à sa naissance,
Avec faste porter la *constitution*,
Comme on promenait l'arche au milieu de Sion ;
Et des hommes chargés du salut de l'empire,
Feignant, ou partageant ce coupable délire,

Ne sachant ni régner, ni vaincre, ni mourir,
A ce triomphe infame osèrent consentir.
Ces fêtes, ces honneurs, ces sinistres présages
D'un mal qui, chaque jour, étendait ses ravages,
L'aspect d'un sénat faible et d'effroi consterné,
D'un *club* perturbateur esclave couronné,
Astre pâle, incertain, annonçaient à la France,
D'un funeste avenir l'effroyable assurance.
Chaque jour détruisait et le trône des rois,
Et le pouvoir des mœurs, et l'empire des lois.
Ciel! que dis-je...? un ramas de populace immonde,
Brigands stipendiés et *vampires* du monde,
Livrant à nos seigneurs des assauts furieux.....
Ah! si tous ces proscrits n'avaient, unis entr'eux,
Ecouté que le sang qui coulait dans leurs veines.....
Ils auraient prévenu ces ligues inhumaines.
Libres d'un joug honteux, ils auraient en s'armant,
Détruit les premiers feux d'un triste embrasement;
Mais, *Nadir*, pour créer cette œuvre magnanime,
Il fallait déployer un dévoûment sublime,
Faire au corps en danger céder les passions,
Les intérêts privés et les opinions.
Il fallait que les uns, d'un prince abominable
Rougissent de servir l'ambition coupable,
Que les autres trompés, d'un incertain pouvoir
Quittassent pour toujours le chimérique espoir;
Que les nobles nouveaux, unis avec sagesse
A ceux que décorait une antique noblesse,
Cessassent de prétendre à leurs justes honneurs,
Crainte, dans le combat, de perdre aussi les leurs;
Qu'à l'aspect d'un abyme ouvert par l'injustice,
Tous faisant des abus l'éclatant sacrifice,
Ramenassent aux lois un peuple effarouché,

Que leur soumission aurait enfin touché.
Une telle victoire aurait rendu croyable
Des soldats de *Cadmus* l'ingénieuse fable.
D'innombrables cliens armés soudain pour eux,
Voués à des patrons si grands, si généreux,
Auraient, pour conserver les formes monarchiques,
Brûlé d'un vil sénat les décrets anarchiques;
Et par ce mouvement les soldats entraînés,
Auraient repris des chefs par eux abandonnés.
Mais, ô malheur public! les nobles, sans s'entendre,
Volent loin d'un pays qu'ils auraient pu défendre,
D'un projet incertain suivent le faux éclat,
Et pensent triompher en quittant le combat.
Insensés! en cherchant des rives étrangères,
Qui sauvera vos biens, vos enfans et vos pères?
Qui brisera leurs fers, dispersera les feux
Par des barbares mains allumés autour d'eux?
Contre un sénat cruel, dont l'orgueil vous outrage,
Qui de vos partisans conduira le courage?
Pourront-ils, isolés, prévenir le courroux
Des effroyables lois qui vont tonner sur vous?
Malheureux! loin du sol qui vous donna naissance,
Vous cherchez des vengeurs; ils sont tous dans la France,
Prêts à s'unir à vous et sous vos étendards,
A délivrer leur prince en volant aux hasards.
O Nadir! je ne sais quel étrange délire
Sur les nobles, hélas! étendit son empire?
On les voit tout-à-coup accourir, se hâter:
La gloire est de partir, la honte de rester.
Un retour triomphant doit venger leurs disgraces;
Mais le sénat agit quand ils font des menaces;
Et d'un décret affreux, plébiciste sanglant,
Il déploie avec art l'appareil effrayant.

Pour renverser l'effet de ces lois arbitraires,
Les illustres appuis du trône de nos pères,
D'un sol qu'ils gouvernaient exilés pour toujours,
Auront-ils dans les rois un généreux secours,
Qui sauve, en triomphant d'une horrible anarchie,
Les martyrs de l'honneur et de la monarchie?
Le croirez-vous, Nadir? ces mêmes souverains,
Témoins de tant d'horreurs, des complots inhumains,
Qui, des bords de la Seine, où naissent les orages,
Peuvent dans leurs États étendre leurs ravages,
D'un pouvoir outragé, tranquilles possesseurs,
Dorment sans redouter nos fiers conspirateurs.
O scandale! Déjà l'Espagne désavoue
De courageux proscrits dont la Prusse se joue;
Et déjà dépouillés d'armes et de drapeaux,
Impatiens de gloire et livrés au repos,
Abandonnés des rois dont ils servent la cause,
Ils errent sans asile où leur malheur repose.
L'empire cependant, de ses chefs dépourvu,
Voit gémir dans les fers son monarque éperdu,
Qui, délaissé des rois et de ses amis même,
Dans le dernier effort d'une tempête extrême,
Par le sort dépouillé de ses plus forts appuis,
Au pied de l'échafaud, dans ses cruels ennuis,
N'a plus contre le crime, et des tyrans superbes,
Que le ciel, ses vertus, son cœur et *Malesherbes*.
Le guerrier, à ces mots qui déchirent son cœur,
Garde un morne silence et cède à sa douleur.
« Que le noble intérêt que vous faites paraître
Pour le sort malheureux d'un si vertueux maître,
O généreux *Dessaix*, est fait pour m'attendrir,
S'écria, tout-à-coup le sensible *Nadir*!
Mais à combien d'erreurs, aisément on s'expose,

Quand

Quand par l'événement, on juge d'une chose.
Sans doute les enfans de vos antiques preux
Pouvaient s'armer et vaincre en combattant chez eux :
Mais (j'en ai pour garans les maux de la *Vendée*)
De semblables projets ne sont beaux qu'en idée.
Combien la jalousie et l'orgueil du pouvoir
Auraient causé de maux qu'on n'aurait su prévoir ?
Comment, d'un même esprit constamment animées,
Sous tant de chefs divers faire agir tant d'armées,
Sans craindre la discorde, ou que l'ambition
Ne soufflât dans leur sein son dangereux poison ?
Celui qu'eût enivré l'éclat de la victoire,
En isolant peut-être et ses plans et sa gloire,
Eût, bientôt tristement par le sort démenti,
Loin de servir sa cause, exposé son parti.
Mais sous tant de drapeaux, d'un accord unanime,
Je veux qu'on eût donné l'exemple magnanime ;
Doutez-vous que par-tout des ligueurs acharnés
Ne se fussent contr'eux en torrens déchaînés ?
L'histoire épouvantée, en de sanglantes pages
N'aurait pu nous offrir que lugubres images,
Que captifs égorgés, que combats inhumains,
Que féroces guerriers, ou lâches assassins,
Qu'un concours odieux de crimes effroyables,
De la guerre civile effets inévitables ;
Que la terreur régnant dans vos cités en deuil,
Et la France changée en un affreux cercueil.
N'était-ce pas dès-lors, puisqu'il faut vous le dire,
Bien moins le conquérir, que dévaster l'empire ?
Ah ! que vos émigrés paraissent à mes yeux,
O Dessaix ! bien plus grands et bien plus généreux,
Quand, soumis à la voix de vos augustes princes,
Désertant tout-à-coup leurs foyers, leurs provinces,

Ils volent à *Coblentz* réunir leurs efforts
Sous les drapeaux des lis déployés sur ces bords.
Oui, là l'illustre chef de cette illustre armée,
Quand des tyrans régnaient sur la France opprimée,
Pouvait dire, entouré de *tous ses vrais appuis :*
Rome n'est plus dans Rome ; elle toute où je suis.
Et ne devaient-ils pas espérer et s'attendre,
Pour le noble projet qu'ils brûlaient d'entreprendre,
De trouver leurs soutiens dans les rois menacés ?
Ah ! si moins confians en leurs destins passés,
Ils avaient, au flambeau de notre expérience,
Pressenti leurs dangers par les maux de la France,
Ces rois eussent armé toutes leurs légions
Pour éteindre le feu de nos séditions.
A côté de leur char traîné par la victoire,
Des proscrits valeureux et rivaux de leur gloire,
Brisant soudain leur glaive en entrant dans *Paris*,
Sur son trône en triomphe eussent porté *Louis*,
Qui, dès-lors, déployant avec magnificence
L'éclat de ses bienfaits et sa rare clémence,
Eût fondé pour toujours, sur d'admirables lois,
Et les droits de son peuple et le pouvoir des rois. »
Nadir, à votre esprit je rends un juste hommage,
Dit le guerrier, vaincu par un discours si sage !
Quoi qu'il en soit, croyez que de nos émigrés
Le corps à notre estime a des droits assurés.
De leur fidélité l'éclatant témoignage
Aux yeux de l'Univers survit à leur naufrage.
Les injustes décrets d'un sénat oppresseur
Ont pu ravir leurs biens, mais non pas leur honneur ;
Et de leur dévoûment l'héroïque mémoire
Sera peut-être un jour l'orgueil de notre histoire,
Quand de leurs ennemis l'implacable fureur

Ne saurait inspirer qu'une éternelle horreur.
Croyez que, si des rois l'ambition plus sage
N'eût point de ces guerriers enchaîné le courage,
Voués à leur devoir, à leur prince, à nos lois,
Ils auraient, en s'armant pour le meilleur des rois,
Défendu, rétabli les droits de sa couronne,
Ou couvert de leur sang les débris de son trône;
Et qu'enfin, en tous temps, en des jours orageux,
Un monarque français pourra compter sur eux.

FIN DU TROISIÈME CHANT.

CHANT QUATRIÈME.

Est-il dans l'Univers quelque homme assez farouche
Qui pourrait désormais, aux accens de ma bouche,
Sans rougir, refuser des soupirs et des pleurs,
Lorsque la France, en proie au plus grand des malheurs,
Voit son trône arraché jusque dans ses racines,
Et le meilleur des rois périr sous ses ruines?
Vous peindrai-je ce jour exécrable à jamais,
Jour de sang, que souilla le plus noir des forfaits?
Paris, dans les excès d'une fureur stupide,
Paris, voit s'élancer la horde parricide
Autour d'un échafaud qu'elle dresse à grand bruit.
Un char funèbre roule.... O désastre!... Il conduit,
Il conduit (et le ciel laisse en paix son tonnerre!)
Le plus parfait des rois qu'a vu naître la terre.
Ah! si... moins indulgent pour de vils factieux,
Louis, en défenseur du rang de ses aïeux,
Eût appelé *Paris*, l'armée à sa défense,
Le jour qui vit tomber et son trône et la France;
Si, le bandeau sacré sur son front souverain,
Il avait présenté, de son auguste main,
La fille des Césars, cette reine si chère,
L'héritier de ses droits dans les bras de sa mère;
S'il eût montré sa tendre et vénérable sœur,
Sa fille, toutes deux grandes dans le malheur;
Ce jour, ce jour eût vu des tyrans pleins d'audace,

Fuir, glacés de terreur, ramper dans la disgrace,
Et jusque aux pieds du Roi, renversés et traînés
Par les mêmes bourreaux qu'ils avaient déchaînés.
Mais pour se replacer au haut du capitole,
Hélas! il faut du sang.... Et ce bon Roi s'immole;
Tremblant pour ses sujets, il ne craint rien pour lui.
Ah! si le ciel, du juste en tous les temps l'appui,
Permet que ce grand Roi, dans ce terrible orage,
Vaincu par la pitié, commande à son courage,
C'est qu'il veut faire voir aux yeux des nations
Ce que peut la vertu dans l'ame des Bourbons.
Dans toute sa grandeur, Paris la voit paraître;
Déjà sur l'échafaud, son monarque, son maître,
Monte, et loin d'invoquer, contre ses ennemis,
De la terre et du ciel les foudres réunis,
Ses regards vers son Dieu tournés avec constance,
Sur ses propres bourreaux appellent sa clémence;
Son cœur exhale au loin le pardon et l'amour.
Combien il bénirait son trépas et ce jour,
Si, de tous les complots préparés par le crime,
Il était en mourant la dernière victime!
Mais déjà de sa mort l'instrument odieux
Est levé sur son front calme et religieux....
Monstres....! elle descend l'éternelle justice
Tremblez....! vous périrez par le même supplice.
Du meilleur de nos rois tel fut le triste sort:
On l'insulte, on l'outrage encore après sa mort.
De barbares, armés de décrets fanatiques,
Osent placer ce jour dans leurs fêtes civiques.
Mais le Ciel, tôt ou tard, accable les méchans.
De ce jour sacrilége et fait pour les tyrans,
Ah! ne triomphe pas, implacable Gironde!
Ta vaine république, où ton orgueil se fonde,

Dont le nom imposteur inspira tant d'effroi,
Doit servir d'holocauste aux manes de ton Roi!
Toi-même, ô faction imprudente et cruelle,
Dans le même tombeau descendras avec elle!
Un sort pareil attend ce prince détesté,
Suppôt des factions, par elles rejeté,
Sans grandeur, sans génie, et même sans audace,
Qui, parjure à son sang, destructeur de sa race,
Du trône chimérique où montait son erreur,
Tomba sur l'échafaud que dressa sa fureur.
  Vous le savez, Nadir, ces raisons sont connues:
Lorsque dans un empire où les mœurs sont perdues,
L'aveugle ambition ose, au mépris des lois,
Briser l'auguste joug, imposé par les rois;
A la place du trône emporté dans l'orage
S'ouvre un gouffre effrayant pour un commun naufrage,
Où tous les citoyens, l'un par l'autre engloutis,
Sont tour à tour poussés par le choc des partis.
Oui, d'un peuple vieilli sous une monarchie,
Le véritable règne est l'affreuse anarchie;
Sur-tout lorsqu'enivré de brillantes erreurs,
Se mêlant aux forfaits de ses législateurs,
D'un pouvoir qu'il détruit, que son erreur déteste,
Il croit avec les lois voir le retour funeste;
Qu'il marche environné de craintes, de soupçons;
Qu'il croit dans tous les yeux lire des trahisons:
Comment le rappeler à l'ordre, à la justice,
S'il faut que sous leur joug sa licence fléchisse?
Je ne puis vous nier que nos fiers novateurs,
De notre république insensés fondateurs,
Rêvaient d'édifier, sur des bases solides,
L'état qu'avaient formé leurs projets régicides.
Mais leur zèle inutile, au milieu du chaos,

Ne fit qu'armer contr'eux la hache des bourreaux.
Le peuple qui, jaloux de son indépendance,
Confond la servitude avec l'obéissance,
Ne crut voir dans les lois qu'ils voulaient lui donner,
Que des fers accablans, tout prêts à l'enchaîner;
Il se crut renversé du trône fantastique
Où l'avait appelé leur fausse politique :
Et souverain terrible, en vengeur de ses droits,
Frappa tous ces tribuns qu'il prenait pour des rois.
Oublirais-je ce jour, jour d'effroi pour la terre,
Où le Ciel, s'éveillant en lançant le tonnerre,
Évoque les enfers, déchaîne contre nous,
Avec tout son pouvoir, les traits de son courroux,
Pour les plus scélérats fait pencher la balance,
Et ne prend que le soin de sa propre vengeance.
Déjà d'affreux ligueurs, entraînant avec eux,
Des antres de *Paris*, les monstres ténébreux,
Du sénat alarmé vont assiéger les portes,
Pénètrent, entourés de farouches cohortes,
Et, tour à tour, soldats, assassins, orateurs,
D'un règne de forfaits insolens précurseurs,
Osent, leurs mains encor de carnage fumantes,
D'un code furieux prêcher les lois sanglantes.
Le crime est consommé; la patrie est en deuil.
Sous les pas des Français s'ouvre un vaste cercueil.
L'ambition cruelle a, de ses mains impies,
Placé dans le sénat le flambeau des furies.
Que vois-je?.... autour.... Grand Dieu!... des glaives, des bourreaux,
Des tribuns imposteurs, des *Marius* nouveaux;
De cent clubs allumés les volcans politiques
Éclatant au milieu des tempêtes publiques;
Soixante sénateurs dans les chaînes plongés,

D'autres sur l'échafaud lâchement égorgés;
Sous le glaive sanglant des cruels anarchistes,
Tomber monarchiens, fédérés, royalistes;
Voyez-vous la terreur, en s'armant de poignards,
Moissonner sans pitié les femmes, les vieillards,
Et la mère éplorée, et la vierge timide,
Et l'enfant qui sourit à son bras homicide,
Et dépassant l'horreur des plus noirs attentats,
Jusque sur l'avenir étendre le trépas.
Tous les tyrans passés, renaissans de leur cendre,
Sur nos bords effrayés s'empressent de descendre.
Erostrate a livré sa torche à nos brigands,
Phalaris leur promet ses taureaux dévorans.
Néron a reproduit cette barque perfide
Que dans Rome inventa sa fureur parricide;
Tibère, ses décrets, et subtils et cruels.
La haine, déployant ses efforts criminels,
Pour nous exterminer, s'unit à la vengeance.
Cent proconsuls armés, en parcourant la France,
Font rouler les fléaux, et sèment sur leurs pas
La terreur, l'incendie et les assassinats;
Ou d'un triomphe atroce épuisant le ravage,
Transforment nos cités en un champ de carnage.
J'ai vu, j'ai vu, *Nadir*, des montres forcenés,
Par le courroux du ciel en tigres déchaînés,
Déchirer par le fer leurs victimes mourantes,
En arracher le cœur, les entrailles fumantes,
Et dans des flots de sang, étancher sans horreur
Leur criminelle soif, sans perdre leur fureur.
J'ai vu, j'ai vu les lois contre les lois armées,
Autant que leurs auteurs, au carnage animées,
En d'horribles cachots trois cent mille Français,
Tous amis des vertus, de l'ordre, de la paix;

Et pour ravir leurs biens, l'insensible avarice
Près d'un sénat cruel invoquer leur supplice.
J'ai vu, pour occuper la hache des bourreaux,
De la guerre civile allumer les flambeaux;
Et dans les noirs excès de ce délire extrême,
La terreur, sans remords, s'effrayer d'elle-même;
Les crimes égarés se frapper de leurs mains;
Oui, j'ai vu tout trembler, jusqu'à nos assassins.
L'impiété se mêle aux forfaits de la terre.
On ose tout....; au Ciel on déclare la guerre.
On voit, en frémissant, les temples saccagés,
Sur leurs autels détruits les prêtres égorgés,
Et fumer, pour des dieux ou d'argile ou de plâtre,
Le sacrilége encens d'une foule idolâtre.
Par erreur, par audace, ou par dérision,
On voit l'homme en démence encenser sa raison;
Et d'un culte nouveau la coupable imposture,
Même en prêchant le meurtre, adorer la nature.
De nos antiques mœurs renversement affreux!
Par un principe faux, barbare, monstrueux,
Des meurtres, revêtus de formes juridiques,
Sont, des raisons d'État, des vertus politiques:
On proscrit la pitié, les regrets, les sanglots,
Et la douleur muette erre autour des tombeaux.
L'un trahit son rival, l'autre livre son frère;
On applaudit au fils teint du sang de son père.
Le délateur vit libre, et triomphe, engraissé
Du sang des malheureux par son crime versé.
L'inceste, couronné par l'infame luxure,
De ses nouveaux honneurs fait rougir la nature.
L'hymen, ce nœud sacré pour les cœurs vertueux,
Abandonne sa couche à de coupables feux.
Des barbares, enfin, déployant leur furie

Sous le nom si sacré, si doux, de la patrie,
Hypocrites bourreaux, un poignard à la main,
Prêchent, sur des tombeaux, l'amour du genre humain;
Et même, en entassant victimes sur victimes,
Au mépris des remords, joignent l'orgueil des crimes.
Mais comment, dit Nadir, supposer tant d'horreurs,
Si la France, en ces jours, eût conservé ses mœurs,
Si pour son Roi, son zèle avait été sincère?
Expliquez-moi, Dessaix, cet étrange mystère!
Pour répondre à vos vœux, grand prince, j'ai besoin
De reprendre aussitôt les choses de plus loin.
Avant que des États la fatale puissance
Dans son cours orageux eût consterné la France,
Par un édit fatal que l'orgueil inspira,
Un ministre imprudent, aux seuls nobles livra
Les emplois de l'armée, ainsi qu'un héritage;
Bientôt des sénateurs étendant cet outrage,
Adoptant cet édit, au peuple injurieux,
Repoussent de leur sein un tiers ambitieux.
Et quand, dans ce conseil assemblé par *Calonne*,
Les appuis de l'autel, les défenseurs du trône,
Loin de sacrifier, à d'extrêmes malheurs,
D'incroyables abus et d'injustes faveurs,
Refusent de combler le précipice immense
Où devaient s'engloutir leurs ordres et la France,
Les députés du tiers, d'une commune voix,
Ne songeaient, aux états, qu'à renverser les lois
Qui portaient sur lui seul le fardeau des subsides,
Et les privaient des rangs dont ils étaient avides.
Mais d'un Roi qu'ils aimaient attaquer le pouvoir,
Et détruire à la fois le sceptre et l'encensoir!
Un tel crime jamais ne souilla leur pensée.
Lorsqu'un prince, embrassant une erreur insensée,

Crut qu'il effacerait, sur un trône usurpé,
L'anathème public dont il était frappé.
Joignez à d'*Orléans* quelques énergumènes
Qui, séduits des tableaux et de *Sparte* et d'*Athènes*,
Pensaient ressusciter leurs populaires lois.
D'autres voulaient enfin, en brisant à la fois
Et tout gouvernement et toute monarchie,
S'enrichir, dominer au sein de l'anarchie.
Mais ces derniers partis dérobaient aux Français,
Avec un art profond, leurs perfides projets,
Et du seul d'*Orléans* l'ambition connue
Ne peut long-temps cacher ses secrets à la vue.
De ces trois factions le génie infernal
Entraîna les Français dans un piége fatal;
Et de leurs orateurs la funeste éloquence
Persuada sans peine à l'inexpérience
Des abus ennemie, et non pas de son roi,
Qu'il fallait des États saper l'antique loi,
Sur ses débris construire un nouvel édifice,
Où d'un code parfait l'éternelle justice
S'armerait pour sauver des fureurs des humains
Les politiques droits des peuples souverains.
Mais que pour entreprendre un si sublime ouvrage,
On devait de la cour prévenir le ravage,
Suspendre le pouvoir d'un prince irrésolu,
Et le lui rendre enfin quand tout serait conclu.
Ce plan, qui de nos rois détruisait la puissance,
Si propre aux grands forfaits, à l'extrême licence,
Nécessaire aux projets de nos conspirateurs,
Éblouit les Français de ses fausses couleurs.
De ces rêves affreux, autant que ridicules,
Le prestige entraîna nos députés crédules.
De ce sophisme alors naquirent mille maux.

Des orateurs gagés, montés sur des treteaux,
Outrageant de *Louis* la majesté sacrée,
Enivrent de fureur une foule égarée,
Séduisent les soldats, rompent le frein des lois,
Et portent la terreur jusqu'au lit de nos rois.
On voit, de toutes parts, des légions nombreuses,
Et de la liberté les enseignes trompeuses ;
On voit des clubs naissans les orages tonner ;
Et le premier sénat a cessé de régner ;
Il disparaît sans gloire : un autre le remplace.
Dès-lors la perfidie éclate avec l'audace.
D'*Orléans*, l'anarchie, et les républicains,
Montrent à découvert leurs projets inhumains ;
On livre aux assassins, aux dangers du pillage,
Tous les amis des lois dont le noble courage
Pouvait, par leur exemple, en ces périls pressans,
Rallier les Français contre d'affreux tyrans.
Une majorité faible, mais vertueuse (*),
N'ose, à travers les flots d'une mer orageuse,
Conduire de l'État le vaisseau menacé :
Il heurte à mille écueils ; le trône est renversé.
Et quand *Louis*, chassé du palais de ses pères,
Implore du sénat les décrets tutélaires,
Un maire audacieux, sous des prétextes vains,
Pour le conduire aux fers, l'arrache de ses mains.
L'audace va plus loin. D'un corps pusillanime
N'osant faire le bien, ni commettre un grand crime,
Il fallait remplacer les membres impuissans
Par mille factieux plus hardis, plus ardens.
Dans les convulsions du plus affreux délire
Ce nouveau corps paraît, la monarchie expire.

(*) Majorité dans le sénat.

Mais, Nadir, admirez à travers ces horreurs
Combien le trône, hélas! était cher à nos cœurs!
En vain la tyrannie ose lever sa hache,
En vain de nos tribuns l'éloquence s'attache
A vanter aux Français de chimériques droits;
Fidèles à leur culte, à leur prince, à leurs lois,
Ils bravent les poignards, succombent sans les craindre,
Se battent en héros, expirent sans se plaindre;
Et les derniers accens de leur mourante voix
Est un hommage encor pour le meilleur des rois.
Faut-il vous présenter les nobles témoignages
Des combats généreux livrés sur cent rivages,
Pour punir nos tyrans, pour venger nos malheurs?
Plaignez *Lyon* vaincue et fière de ses pleurs!
Voyez de *Quiberon* la victoire sanglante,
Et la *Vendée* encore indignée et fumante
Des feux dont elle arma ses courageuses mains
Pour repousser les lois de nos vils assassins!
Mais, sans doute, grand roi, je dois encor vous dire
Avec quel art affreux, pour usurper l'empire,
La ligue sut forger nos détestables fers.
D'abord on entraîna tous les Français divers,
En offrant à leurs yeux la séduisante image
D'un grand pouvoir mêlé d'une liberté sage;
D'un règne favorable au mérite, aux vertus,
Gouverné par les lois, jamais par les abus.
Nos esprits, animés d'un délire incroyable,
D'un plan fallacieux embrassèrent la fable.
Mais lorsqu'au lieu du bien que chacun attendait,
Par-tout avec excès le mal se répandait,
Qu'à de rêves flatteurs, qu'à d'heureuses prémices
Succédèrent bientôt d'horribles sacrifices,
Et l'effrayant tableau du prince menacé,

Chacun, en s'alarmant, regretta le passé :
C'était alors en vain. Au sein de la licence
D'adroits tribuns avaient établi leur puissance;
Et de leurs factions les complices heureux
S'emparaient du pouvoir et régnaient en tous lieux.
Le Roi même, captif, dans son malheur extrême,
Trompé, trahi, livré, s'armait contre lui-même,
Et servant les décrets qui devaient l'accabler,
Forçait, en gémissant, ses amis à trembler.
La cour fuit, se disperse, et les *clubs* de la France
De nos conspirateurs forment la chaîne immense.
Tout est perdu ; le crime avec rapidité
S'étend, lève par-tout son sceptre ensanglanté.
Tous ceux qui, sans avoir une illustre origine,
Redoutaient de l'État la prochaine ruine,
Et voulaient arracher, en conservant nos rois,
Leur fortune privée au naufrage des lois,
Dépouillés du pouvoir tombent avec outrage.
A leur place on élève, avec des cris de rage,
Des brigands engraissés des fortunes d'autrui,
Des monstres autrefois sans honneur, sans appui,
Poursuivis, rejetés avec ignominie,
Des citoyens obscurs, sans savoir, sans génie.
Par de tels alliés, hélas! dans notre cœur,
Qu'aisément nos tribuns semèrent la terreur!
On désarme, on enchaîne, on tonne, on assassine :
Et dans ces jours de deuil, de forfaits, de rapine,
Par-tout les vrais Français, comme de vils troupeaux,
Expiraient chaque jour sous le fer des bourreaux ;
Et réclamaient en vain, dans leurs tristes misères,
Leurs chefs que possédaient des rives étrangères.
Ainsi, forts de la loi, deux cent mille brigands
Exécutèrent seuls les crimes effrayans

Dont la France, *Nadir*, ne fut jamais coupable,
Et furent de nos maux la cause véritable.
Mais ce règne de sang et d'atroces fureurs,
Si contraire à nos lois, à nos antiques mœurs,
Qu'une horrible anarchie éleva sur nos têtes,
Devait avoir le sort de ces courtes tempêtes
Qui, dans l'essor affreux d'un rapide courroux,
Pèsent sur l'Univers, ébranlé de leurs coups.
Déjà tout s'enflammait. Une altière commune,
Un comité barbare, unissant leur fortune,
Sur le trône abhorré de la convention
Couronnaient leur audace et leur ambition.
On voyait, dans le choc des passions extrêmes,
Les membres du sénat se déchirant eux-mêmes;
D'un pouvoir qu'ils n'ont plus, serviles instrumens,
S'envoyer à la mort pour plaire à leur tyrans.
D'un parti triomphant, et l'apôtre et l'idole,
Roberspierre à grands pas marchait au capitole.
Du peuple, proclamé le vengeur et l'appui
Il voyait ses rivaux s'éclipser devant lui.
Le *club* l'a revêtu de sa toute-puissance;
Le comité le sert, la commune l'encense;
Et ses ordres cruels, en décrets convertis,
Font naître la terreur ou l'espoir des partis.
Mais du faîte glissant où monta son audace,
Il peut voir un rival prêt d'envahir sa place;
Et même le pouvoir dont il est investi
Peut rentrer au sénat comme il en est sorti.
Il faut donc par du sang, par d'affreux sacrifices,
D'une faveur mobile enchaîner les caprices;
Régner et posséder, par un pacte inhumain
Avec l'autorité, les droits d'un souverain.
Mais pour les obtenir, il faut soudain abattre

Des rivaux qui, placés sur le même théâtre,
Peuvent lui disputer la suprême grandeur,
Proscrire et renverser le nouveau dictateur.
Il fallait, sous ses pieds courbant ses adversaires,
Exterminer les chefs des factions contraires;
Frapper, avec les arts, tous les talens divers,
Et livrer, par la mort des Français dans les fers,
Un sanglant héritage à d'avares *Séides*,
En demandant le sceptre à leurs mains parricides:
Comme si l'on pouvait garder, par des présens,
Un pouvoir odieux fondé par des brigands.
Toi, qui couvris d'horreur le nom de *Messaline*,
Les forfaits de *Néron*, les fureurs *d'Agrippine*
Peintre éloquent, recule.... Oui, nos crimes nouveaux
Manquaient à l'Univers, manquaient à tes pinceaux!
  Il luit déjà ce jour où le monstre inflexible
Doit donner le signal de ce carnage horrible;
Où, de morts entourés, les plus vils assassins
Doivent, en célébrant leurs exploits inhumains,
Sur un front odieux et frappé d'anathème,
Déposer des Français le sanglant diadème,
Lorsque des députés, certains que leur tombeau
Doit signaler le jour de ce règne nouveau,
Las de river leur fers, de ménager, de feindre,
Par l'excès des périls forcés à ne rien craindre,
Embrassent un parti, dont l'immortel succès
Rétablit leur puissance et sauva les Français.
De la tribune à peine où le tyran s'élance
Des mots ont retenti, que d'un morne silence
Partent, volent soudain dépouvantables cris;
Que d'exécrables noms ont frappé les esprits.
Un poignard à la main, dans cette horrible arène,
Talien se présente, il échauffe, il entraîne,

Et

Et tandis que, agité par d'effrayans transports,
En lançant un regard où s'offrent mille morts,
Le monstre court, s'enfuit au sein de la commune
Porter son désespoir, relever sa fortune,
Et que des conjurés, lui prêtant leur appui,
Jurent tous de combattre et de mourir pour lui;
Du sénat qui proscrit le tyran sanguinaire,
Une moitié combat, quand l'autre délibère;
Et pendant que les uns, contre des assassins
Du glaive et du décret armaient leurs fières mains,
Les autres attendaient, à leur poste immobiles,
La victoire ou la mort avec des yeux tranquilles.
Tout *Paris* se divise en deux corps différens:
Ici la loi triomphe, et plus loin les brigands.
A l'aspect imprévu du décret qui le frappe,
Henriot s'épouvante, il pâlit, il s'échappe.
Ceux-ci sur le sénat courent avec fureur,
Et tombent écrasés par un parti vengeur.
Cent fois la horde impie attaque, est repoussée.
La rage cède enfin; la commune est forcée;
De nos dieux mal-faisans le trône est abattu;
Le monstre est dans les fers, le sénat a vaincu.
  Quel moment! quand, déchus de leur grandeur fatale,
Les chefs audacieux d'une ligue infernale,
Brusquement dépouillés de leur sanglans honneurs,
Succombent sous le poids de leurs propres fureurs,
Et que, par leur disgrace, ils paraissent absoudre
Le silence du ciel, le repos de la foudre!
Quel triomphe! en voyant des monstres abhorrés,
De richesses, de sang, de pouvoir altérés,
Sous le fer des bourreaux qu'arma leur barbarie,
Finir avec horreur leur exécrable vie.
Ah! si vous aviez pu, dans ces heureux momens,

Grand prince, voir la France et ses vrais sentimens,
Ses vœux pour réclamer la liberté publique,
Son invincible amour pour l'état monarchique,
Sa haine, ses éclats contre ses oppresseurs,
Vous auriez retrouvé ma patrie et ses mœurs;
Et si nos sénateurs n'avaient craint pour eux-même
Les rapides dangers d'un changement extrême,
Ce jour eût éclairé le retour de nos rois.
Bientôt leur politique étouffa notre voix.
Il fallut donc, pour eux et contre l'anarchie,
A la place du trône et de la monarchie,
Créer, hors du sénat un souverain pouvoir,
Qui courbât les partis sous la loi du devoir;
Qui, veillant au maintien des lois et de l'armée,
Donnât enfin le calme à la France alarmée.
Les Romains pour modèle offraient leur consulat;
Mais des tombeaux d'Athène on sortit *l'Archontat*.
Ce pouvoir malheureux fit voir, dès sa naissance,
D'un sceptre divisé l'orageuse impuissance;
Sans doute de ses droits chaque membre jaloux
Suffit pour enchaîner l'ambition de tous:
Cependant nos cinq rois, des partis, des cabales
Font voir dans leur palais les images fatales,
Et ce corps entouré de craintes, de complots,
Veille sur ses dangers et s'endort sur nos maux.
D'ailleurs ce bel éclat que jette une couronne,
Ce prestige divin répandu sur un trône,
D'un utile respect fondemens éternels,
Peuvent-ils entourer de vulgaires mortels,
Que d'un sénat heureux les bizarres caprices
Élevèrent plutôt que d'éclatans services,
Étrangers au grand art de régir les états,
Et privés de la gloire attachée aux combats?

Et des hommes obscurs dont les mains impuissantes,
Dirigent de l'État les rênes chancelantes,
Dont quelques-uns, livrés à la publique horreur,
Traînant des noms flétris par leur propre fureur,
Ont signé d'une main, d'un grand forfait avide,
De la mort de *Louis* le décret parricide,
Peuvent-ils maintenir leur faible autorité
Contre un double sénat permanent, agité?
Ainsi donc sur un trône environné d'orages,
Placés sur des écueils, sur le bord des naufrages,
Il ne peuvent garder un pouvoir incertain,
Qu'en se montrant toujours les armes à la main;
Qu'en brisant les décrets à leurs projets contraires,
Par le servile appui de leurs vils janissaires;
Qu'en frappant de l'exil, dans leurs complots cachés,
Des membres de leur siége avec force arrachés;
Qu'en chassant du sénat, qu'en chassant de l'armée
Des orateurs, des chefs, grands par leur renommée;
Qu'en voilant avec soin tout éclatant flambeau;
Qu'en élevant Sc..., qu'en proscrivant *Moreau*.
Ainsi donc leur puissance en naissant épuisée,
Attaquée au dedans, au dehors méprisée,
Ne peut plus des partis maintenir le sommeil,
Ni de nos ennemis effrayer le réveil.
Mais de l'excès des maux, de la suite abhorrée,
D'affreux tyrans auxquels ma patrie est livrée,
Je n'acheverai pas le récit douloureux,
Sans vous offrir, grand roi, nos guerriers généreux,
Nos braves légions, invincibles armées,
Qui, du plus noble feu constamment animées,
De l'héroïsme antique effacent la splendeur...

La suite est dans le chant 7.e du Poëme de l'Égyptiade.

FIN DU QUATRIÈME ET DERNIER CHANT.

NOTES.

CHANT PREMIER.

Page 21, ligne 21.

« Par des droits incertains et d'antiques usages. »

On ne doit pas confondre avec ces droits incertains ceux qui étaient fondés sur des titres réels et incontestables.

Page 22, ligne 30.

« Oui, la majorité du sénat populaire. »

En rendant ce juste hommage à la majorité du côté gauche de l'assemblée constituante, on ne peut cependant s'empêcher de lui reprocher son imprévoyance, sa faiblesse, et sa funeste docilité à suivre les mouvemens imprimés par des orateurs factieux qui la dominaient.

De là, l'apparition des désastres les plus effrayans, des catastrophes les plus inouies. Certainement, en parcourant l'histoire des révolutions, il est impossible de citer quelque corps politique revêtu d'une grande autorité, qui puisse disputer à l'assemblée constituante l'épouvantable gloire d'avoir causé plus de maux à l'humanité. Elle a tout fait pour l'orgueil, pour l'ambition, pour l'avarice; elle a laissé tout à faire pour le bonheur des peuples. En un mot, en affaiblissant le pouvoir de la Religion, et en fondant une démocratie royale, l'assemblée constituante a franchi les limites des législations positives, pour se jeter dans le vide des abstractions, et pour faire le terrible essai des législations idéales. Ce qu'il y a de certain, c'est qu'habile pour détruire, elle fut impuissante pour édifier; qu'elle se retira effrayée de son ouvrage, et sur-tout bien convaincue que son éloquence tant vantée n'avait éclaté si fastueusement que pour conduire le plus bel empire du monde à des ruines et à l'anarchie.

O Érostrate! ta torche s'éteignit après avoir incendié le temple de Diane; celle qu'a allumée l'assemblée constituante brûle encore et menace tout l'ordre social!

FIN DES NOTES.

www.ingramcontent.com/pod-product-compliance
Ingram Content Group UK Ltd.
Pitfield, Milton Keynes, MK11 3LW, UK
UKHW020416230726
13925UKWH00004B/1467